AF358973

CATALOGUE
DES LIVRES
DE LA BIBLIOTHEQUE
DE FEU
M. LE B*** DE S***.

Dont la Vente se fera, au plus Offrant & dernier Enchérisseur, en la maniete accoutumée, Samedi 11 Avril 1772, à trois heures de relevée.

A PARIS,

Chez MONORY, Libraire de S. A. S. Monseigneur le Prince DE CONDÉ, rue & vis-à-vis la Comédie Française.

M. DCC. LXXII.

CATALOGUE
DES LIVRES
DE LA BIBLIOTHEQUE
DE FEU
M. LE B*** DES S***.

THÉOLOGIE.

ÉCRITURE SAINTE.

1 LA sainte Bible, tranflatée en français, felon
la pure verfion de faint Hiérofme, (par Jacques
Lefebvre d'Eftaples.) *Anvers*, Mart. Lempe-
reur, 1534, *in-fol. goth. avec fig. en bois.*

2 La fainte Bible, qui eft toute la fainte Ecri-
ture du Vieil & du Nouv. Teftament, imprimé
à *Leyde* fuivant la copie de *Charenton*, en
1665, *in-12. de très-pet. caraƈt.*

3 Le Pfeautier de David, torné en profe me-
furée oû vers libres, par Blaife de Vigenere ;

A

avec un Dictionnaire à la fin , où font rapportés les mots les plus fréquents au Pfalmifte , qui font équivoques & à diverfes fignifications & en-tentes. *Paris* , 1588 , *in-12.*

Hiftoire & Figures de la Bible.

10. 4   4 Le Livre intitulé *Le Grant Vita Chrifti* , trad. du lat. de Vénérable P. Ludolphe , Chartreux , par Guill. Lemenand. *Paris* , Guill. Bofferel , *fans indication d'année, 2 vol. in-fol. goth. mar. r.*

(Ce Livre eft rare.)

14. 6   5 Abrégé de l'Hiftoire de l'Ancien Teftament , par M. de Méfanguy. *Paris* , 1753 . *in-12.* *10 vol.*

Interpretes , Commentateurs & Critiques.

1. 10   6 L'Hiftoire de Moïfe , tirée de la Sainte Ecri-ture , des SS. Peres , des Interpretes , & des plus anciens Ecrivains , par un Religieux de la Compagnie de Jefus. *Liege* , 1699 , *in-8.*

7 Effai d'un Commentaire littéral & hiftorique fur les Prophétes , par le P. Dom Paul Pezron. *Par.* 1693 , *in-12.*

8 La véritable Clèf de l'Apocalypfe , Ouvrage où , en réfutant tous les fyftêmes qu'on a bâtis deffus jufqu'ici , l'on indique le véritable , &c. *Colog.* 1690 , *pet. in-12.*

2. 11   9 Nouvelles Remarques critiques fur le Nouveau Teftament , pour fervir de fuite à l'Hiftoire critique du V. & du N. Teftam. du P. Richard Simon. *Par.* 1756 , *in-12. br.*

Liturgies & Conciles.

10 Le Miroir des Prêtres & religieuses Personnes, fournissant l'Entretien spirituel durant la sainte Messe, avec soixante & dix figures en taille-douce, qui en représentent les cérémonies. *Paris* & *Rouen*, 1649, *pet. in-12.*   1. 10

11 Cérémonial des Religieuses réformées de l'Ordre de sainte Claire à Verdun, imprimé en 1618. *In-8. 2 tom. en 2 vol.*

12 Notes sur le Concile de Trente, touchant les points les plus importants de la Discipline ecclésiastique, &c. (par Étienne Rassicod.) *Colog.* 1706, *in-8.*   1. 10

Saints Peres.

13 Arnobii Disputationes adversus Gentes, editione Fausti Sabæi. *Romæ*, in ædibus Priscianensis, 1542. *In-fol.*

(Belle édition, & la plus estimée.)

14 Eusebii Pamphili Historia Ecclesiastica, & de vitâ Constantini Imperatoris, necnon & alii Ecclesiasticæ Scriptores, Socrates, Theodoretus & Evagrius, græc. lat. ex versione, & cum notis Henrici Valesii. *Par.* 1673-1678-1686, *in-fol. 3 vol* G. P.   24.

15 Œcumenii Commentaria in Novum Testamentum, accesserunt Aretheæ, Cæsareæ, Cappadociæ Episcopi, explanationes in Apocalypsin, græcè & lat. *Parif.* 1631, *in-fol. 2 vol.*   6.

16 Divi Bernardi Opus egregium, super Canticum Canticorum Salomonis, castigatum &   3. 10

emendatum per Magiſtrum Joann. Rouauld , ſacræ Theologiæ Doctorem, & excuſum *Pariſ. anno* 1494 *in-4. mar. r. fil.*

17 Les Lettres de ſaint Jérôme, trad. en franç. (par le ſieur Petit.) *Paris ,* 1702 *, in-8.*

18 D. Nicolai Lenourry Apparatus ad Bibliothecam maximam veterum Patrum & antiquorum Scriptorum eccleſiaſticorum. *Par.* 1694 *, in-8.* 2 *vol.*

19 Spicilegium veterum aliquot Scriptorum, qui in Galliæ Bibliothecis latuerant , editum primò à Luca Dacherio, nunc à Joſepho de la Barre , ex recognitione Stephani Baluzii & Edmundi Martenne. *Pariſiis,* 1723 *, in-fol.* 3 *vol. G. P.*

20 Vetera Analecta , ſive Collectio veterum aliquot Operum & Opuſculorum , ex editione & cum notis Joannis Mabillon. *Pariſiis , 1723, in-fol. G. P.*

(Ce volume ſert de ſuite à l'Ouvrage précédent : les exemplaires n'en ſont pas communs,

21 Collectio veterum Patrum Brixianæ Eccleſiæ: S. Philaſtrius & S. Gaudentius , B. Rampertus & Ven. Adelmannus. *Brixiæ ,* 1738 *, in-fol. G. P.*

T H É O L O G I E S C H O L A S T I Q U E.

22 Recueil contenant pluſieurs Pieces touchant la Grace. *In-4.*

23 Les Sentiments de S. Auguſtin ſur la Grace; oppoſés à ceux de Janſénius , par le Pere Jean Leporcq , Jéſuite. *Paris ,* 1682 *, in-4.*

24 Apologie pour les SS. Peres de l'Egliſe , défenſeurs de la Grace de Jeſus-Chriſt , contre

les erreurs qui leur font imputées. *Paris*, 1651, *in*-4.

25 Le Miroir d'or de la Prédeftination de Dieu en fes créatures, où eft montrée la vraie réformation & pure Eglife, par le R. P. F. Troguet. *Paris*, 1618, *in*-12.

26 Le Combat du Molinifme contre le Janfé-nifme. *Amfterdam*, 1756, *in*-12. 2 *tomes en 1 volume*.

27 Le Miferere d'un Janfénifte pénitent, pré-cédé d'une Lettre du Sieur G. J. Vander-Meer Tongrius, imprimé *fans indication de ville*, en 1714, *in*-4.

28 Entretiens d'un Jéfuite avec une Dame, au fujet de la Conftitution *Unigenitus*, ou le pour & contre, 1733, *in*-12.

29 Vincentii de Bandelis de Caftronovo Trac-tatus de fingulari puritate & prærogativâ Con-ceptionis Salvatoris D. N. J. C. ex autoritatibus ducentorum fexaginta Doctorum editus; im-preffus fine loci & anni indicatione, fed juxta exemplar. *Bononiæ*, anni 1481, *in*-4.

(L'édition originale de ce Traité fingulier eft extraor-nairement rare, & a été portée, à la vente de M. Gagnat, à 150 liv.)

30 Differtation Phyfico-Théologique touchant la Conception de J. C. dans le fein de la Vierge Marie fa mere, & fur un Tableau de J. C. qu'on appelle la fainte Face, & qu'on a voulu faire paffer pour une Image conftellée; par M. P.. C.. D... *Amfterd.* 1742, *in*-12.

Théologie Morale et Catéchétique.

ı. ıo 31 Ludovici Montaltii (Bl. Paſcalis) Litteræ
Provinciales de morali & politicâ Jeſuitarum
diſciplinâ , à Willelmo Wendrockio (Petrus
Nicolle,) è gallica in latinam linguam tranſlatæ.
Coloniæ , 1658 , *in-8*.

32 Les Déſordres du Jeu, avec des réflexions ,
par M **. *Amſterdam* , 1691 , *petit in-12*.

33 La Théologie catéchiſtique & familiere , en
vers , contenant tout ce qu'un bon Chrétien
doit croire , &c. par le ſieur Philippe de Boyer.
Lyon , 1671 , *in-12*.

2.

34 Catéchiſme hiſtorique , contenant en abrégé
l'Hiſtoire ſainte & la Doctrine chrétienne ,
par M. Fleury. *Paris* , 1695 , *in-12*. 2 *tomes
en 1 vol. fig.*

THÉOLOGIE MYSTIQUE ET CONTEM-PLATIVE.

ı. 4 35 L'Imitation de J. C. traduite en français par
le Sieur de Beuil. *Paris* , 1680 , *in 12. mar.
roug. fig.*

ı.   36 De l'Imitation de J. C. trad. en français par
M. l'Abbé de Choiſy. *Paris* , 1694. *in-12*.

37 La Théologie myſtique du Vénérable Pere
Jean de Jeſus-Maria , Carme-Déchauſſé , trad.
du latin en français par le Pere Cyprien ; *petit
in-12*.

ı. 4

38 Le Télémaque ſpirituel , ou le Roman myſtique , ou critique d'un Livre intitulé : *Explication des Maximes des Saints* , 1699 , *in-12*.

39 Œuvres ſpirituelles de Dom Jean de Palafox ,
Evêque d'Oſma. *Paris* , 1722 , *in-16. fig.*

40 Introduction à la vie dévote du Bienheureux
François de Sales, Ev. & Prince de Geneve.
Paris, 1657, *in-8.*

41 **La Philomene** féraphique, divifée en deux
parties : en la premiere, elle chante les dévots &
ardents foupirs de l'ame pénitente qui s'ache-
mine à la vraie perfection : en la feconde, la
Chriftiade, fpécialement les myfteres de la
Paffion, &c. avec le deffus & le bas. *Paris*,
1632, *in-12. 1 vol.*

42 **L'aimable Mere de Jefus** ; Traité contenant les
divers motifs qui peuvent nous infpirer du ref-
pect, de la dévotion & de l'amour pour la Ste.
Vierge, trad de l'efpagnol par le P. d'Obeilh,
Jéfuite. *Amiens*, 1671, *in-12.*

43 Livre d'airs de dévotion en deux parties, ou
Converfion de quelques-uns des plus beaux de
ce temps, en airs fpirituels, par le P. François
Berthod, Cordelier. *Paris*, 1656, *in-12.*

44 **Les Roffignols** fpirituels ligués en duo, dont
les meilleurs accords relevent du fieur Pierre
Philippes. *Valenciennes*, 1621, *petit in-12.*

45 Penfées chrétiennes fur divers fujets de piété,
par M. l'Abbé de Choify. *Paris*, 1690. *in-12.*

THÉOLOGIE POLÉMIQUE.

46 Idée de la Religion chrétienne, où l'on explique fuccinctemem tout ce qui eft néceffaire
pour être fauvé. *Paris*, 1740, *in-12.*

47 Philippi A. Limborch de Veritate Religionis
chriftianæ amica Collatio, cum erudito Judæo
Goudæ apud Juftum ab Hoeve, 1687, *in-4.*
(Cet Ouvrage eft eftimé & recherché, & les exemplaires
en font rares.)

1. u 48 Penſées chrétiennes, miſes en parallele ou en oppoſition avec les Penſées philoſophiques. *Rouen*, 1747, *in-12*.

THÉOLOGIE HÉTÉRODOXE.

4. 14 49 Religionis naturalis & revelatæ Principia methodo-ſcholaſtica, digeſta à D. J. Hooke. *Venetiis*, Paſquali, 1763, *in-4. 2 vol.*

50 Syſtême de la Religion univerſelle, dirigé à l'union des Chrétiens par M. de L * * *. *Duiſbourg*, 1757, *in-12*.

1. 51 Réflexions d'un Militaire ſur l'utilité de la Religion pour la conduite des Armées & le gouvernement des Peuples. *Lond.* 1759, *in-12. br.*

52 Relation du Voyage de Calvin aux Champs Eliſées & aux Enfers, par Dom Galeo. *Paris*, 1737, *in-12.*

53 Contre la nouvelle apparition de Luther & de Calvin, ſous les réflexions faites ſur l'Edit touchant la réformation des Monaſteres. 1669, *petit in-12. br.*

2. 16 54 Le Syſtéme des Anciens & des Modernes, concilié par l'expoſition des ſentiments différents de quelques Théologiens ſur l'état des ames ſéparées des corps, en quatorze Lettres. *Lond.* 1757, *in-8. 2 part. en 1 vol.*

5. 55 Simonis Roſarii *Antitheſis Chriſti*, & *Anti-Chriſti videlicet* Papæ, *id eſt*, exemplorum, factorum, vitæ & doctrinæ utriuſque, ex adverſo collata comparatio, verſibus & figuris venuſtiſſimis illuſtrata accedit vita Hildebrandi, & Apotheoſis Papæ Pauli III. (*Genevæ*) Euſthatius Vignon, 1578, *in-8. mar. bleu.*

56

56 Sept Dialogues entre un Proteſtant, & une
Perſonne de l'Egliſe Romaine qui deſire con-
noître la Religion réformée. *Geneve*, 1713,
in-12.

57 Mémoires d'un Proteſtant condamné aux Ga-
leres de France pour cauſe de Religion, écrits
par lui-même, contenant les ſouffrances de
l'Auteur depuis 1700 juſqu'en 1713, &c.
Rotterd. 1757, *in-8. br.*

58 Lettres Bérybériennes, ſuivies d'un Eſſai ſur
l'eſprit humain, par M. Béryber. *Berl.* 1754,
pet. in-12. br.

JURISPRUDENCE.

DROIT CANONIQUE.

59 Codex Canonum Eccleſiæ primitivæ, vin-
dicatus ac illuſtratus à Guilielmo Beveregio.
Londini, 1678, *in-4.*

60 Le Livre du Vergier, (Ouvrage qui traite
de la puiſſance eccléſiaſtique & temporelle,
en forme de diſpute entre un Eccléſiaſtique &
un Laïque, compoſé du temps du Roi Charles
V, & attribué à Philippes de Maizieres, Raoul
de Praeſle & autres) imprimé *ſans indication
de ville ni d'année, en caract. goth. in-fol.*

61 Juſtini Febronii de ſtatu Eccleſiæ & legitimâ
poteſtate Romani Pontificis Liber. *Bullioni*,
1763, *in-4. br.*

62 L'Esprit de Gerson, ou Instructions catholiques touchant le S. Siege (par M. le Noble,) 1692, *in-12.*

63 Questions sur la Tolérance, où l'on examine si les maximes de la persécution ne sont pas contraires au droit des gens, à la Religion, à la Morale, &c. *Geneve*, 1758, *in-8.*

64 Traité de l'Autorité des Rois, touchant l'administration de l'Eglise, par M. Omer Talon, *Amsterd.* (*Paris*,) 1700, *in-12.*

65 Traité des Pensions royales, où il est prouvé que le Roi a droit de donner des pensions sur les Bénéfices de sa nomination & de sa collation, même à des Laïques, par M. l'Abbé Richard. *Paris*, 1719, *in-12.*

66 D. Ascanii Tamburini de Marradio, de Jure Abbatum & aliorum Prælatorum, tam regularium quàm secularium. *Lugduni*, 1650, *in-fol.* 3 *tomes en 2 vol.*

67 Traité historique de l'établissement & des prérogatives de l'Eglise de Rome & de ses Evêques, par M. Maimbourg, jouxte la copie imprimée à *Paris* en 1688, *in-12.*

68 Histoire de l'origine des Dixmes, des Bénéfices, & des autres biens temporels de l'Eglise, trad. de Fra Paolo Sarpi. *Lyon*, 1689, *in-12.* vélin.

69 Tableau de la Cour de Rome, dans lequel sont représentés au naturel sa politique & son gouvernement tant spirituel que temporel, &c. par le Sieur J. A. *La Haye*, 1707, *in-8. br.*

70 Traité de la Dissolution du Mariage pour cause d'impuissance, avec quelques autres Pieces

curieufes fur le même fujet (par M. le Préfi-
dent Bouhier.) *Luxembourg*, 1735, *in-8*.

DROIT ECCLÉSIASTIQUE DE FRANCE.

Droits des Religieux & Religieufes, avec les
Traités critiques & apologétiques.

71 Le Moine fécularifé, augmenté de la vie des
Moines. *Cologne*, 1691, *petit in-12*.

72 Le Capucin démafqué ou le Religieux dans
fon naturel, par la confeffion d'un Frere de
l'Ordre. *Cologne*, 1697, *petit in-12*.

73 Recueil de l'Ordre des Jéfuites, tiré des bons
& fideles Auteurs, des accidents notoires, &c.
Geneve, 1690, *petit in-12*.

74 Le Catéchifme des Jéfuites, ou le Myftere
d'iniquité, révélé par fes fuppôts, par l'examen
de leur doctrine ; (par Et. Pafquier.) *Ville-*
franche, 1677, *in-12*.

75 Le Mercure Jéfuitique, ou Recueil de Pieces
concernant le progrès des Jéfuites, leurs écrits
& différends, depuis l'an 1620 jufqu'en 1626,
(par Jacques Godefroy.) *Geneve*, 1626,
in-8.

76 Les Jéfuites mis fur l'échafaud pour plufieurs
crimes capitaux par eux commis dans la Province de Guienne, avec la réponfe aux calomnies de Jacques Beaufées, par le Sieur Pierre
Jarrige. *Leyde*, 1648, *in-12*.

77 Rétractation du P. Pierre Jarrige, de la Compagnie de Jefus, retiré de fa double apoftafie
par la miféricorde de Dieu. *Anvers*, 1650,
in-12.

l. 4 78 Le Rappel des Jéfuites en France ; ouvrage fatyrique entremélé de vers. *Cologne*, 1678, *in-12.*

l. 5 79 Le Jéfuite défroqué, ou les Rufes de la Société, expofées en forme de Dialogues. *Rome*, (*Hollande,*) *in-12.*

80 La Politique des Jéfuites. *Londres*, 1688, *in-12.*

l. 5 81 Le Paffe-par-tout des PP. Jéfuites apporté d'Italie, par le Docteur Paleftine, avec un fupplément contenant le Myftere des Jéfuites, imprimé *fans indication de lieu. In-4. br.*

l. 4 82 Les Myfteres les plus fecrets des PP. Jéfuites découverts. *Cologne*, 1727, *in-8. br.*

l. 9 83 Artes Jefuiticæ in fuftinendis pertinaciter novitatibus, laxitatibufque Sociorum (quarum plus quàm mille hìc exhibentur) à Chriftiano Aletophilo ; editio fecunda. *Argentorati,* 1710. ——Alphonfi Huylenbroucq, Societ. Jef. Vindicationes adverfus famofos libellos quàm plurimos, & novam compilationem ex iis fub titulo. —— Artes Jefuiticæ & Gandavi, 1711, *in-8.*

l. 10 Tuba magna mirum clangens fonum ad S. Papam Clementem X I, Imperatorem, Reges, &c. de neceffitate longè maximâ reformandi Societat. Jefu, per D. liberium candidum (Ægidium de Witte.) *Argentinæ*, 1712 - 1714, *in-12.* 2 *vol.*

l. 85 L'Horofcope des Jéfuites, où l'on découvre combien ils doivent durer, & de quelle maniere ils doivent cependant tourmenter les hommes. *Amfterdam*, 1691, *petit in-12.*

86 La Vie & les Miracles du Pere Tellier, fon
origine, fes progrès, fa chûte, & la déroute de
fa Société. *la Haye*, 1715. — Lettre des PP.
Capucins au Pere Tellier, en vers.—Philota-
nus Poëme, par M. l'Abbé de G****, 1721.
—Chanfon nouvelle contenant le récit véritable de ce qui s'eft paffé dans la ville de Rheims
à l'encontre de Genfiniftres. *In-12.*

87 Les deux Harangues des Habitants de la Pa-
roiffe des Sarcelles. *Aix*, 1731, *in-12.*

88 Onguent pour la brûlure, ou le Secret pour
empêcher les Jéfuites de brûler les livres, en
vers, avec une lettre d'un Avocat à un de fes
Amis, fur l'Onguent pour la brûlure. *In-12.*

9 Secreta Monita, ou Advis fecrets de la Compagnie de Jefus, 1761. —La France au Parlement, Poëme. — Les Jéfuitiques, enrichies de
notes curieufes. 1761, *in-12.*

90 Recueil de Pieces contre les Jéfuites de Portugal. 1758. *in-12, 2 vol.*

91 Recueil de Pieces contre les Jéfuites de France.
In-12.

92 Réglement général pour la Maifon de Saint
Louis de la Salpétriere, *in-8. manufc. maroq.
bleu.*

93 Conftitutions pour la Communauté des Filles
de Saint Jofeph, dites de la Providence, éta-
blies dans le Fauxbourg Saint - Germain-des-
Prés. *Paris*, 1691, *in-12. maroq. rouge.*

94 Lettre de M. l'Abbé S******, à Mlle. de
G***, Béguine d'Anvers, fur l'origine & le
progrès de fon Inftitut. *Paris*, 1731. — Hiftoire de la Robe fans couture de N. S. Jefus-

Chrift , révérée dans l'Eglife du Monaftere des Religieux Bénédictins d'Argenteuil, (par Dom Claude Gerberon.) *Paris* , 1712 , *in-12.*

DROIT CIVIL, OU ROMAIN.

1. 95 Hugonis Grotii Florum Sparfio ad Jus Juftinianeum , cum præfat. Chriftiani Gebaveri. *Halæ* , 1729 , *in-12.*

4. 6 96 Arnoldi Vinnii J. C. in quatuor libros inftitutionum imperialium Commentarius. *Lugd. Batav.* 1709 , *in-4.*

6. 2 97 Arnoldi Vinnii J. C. in quatuor libros inftitutionum Commentarius , cum præfatione & notis Joannis Gottl. Heineccii. *Lugd. Batav.* 1726 , *in-4. br.*

98 Traité du Délit commun & cas privilégié , ou de la puiffance légitime des Juges féculiers fur les perfonnes eccléfiaftiques , (par Bénigne Millet , Confeiller ,) 1611 , *in-12.*

1. II 99 Hugonis Grotii de Jure Belli ac Pacis libri tres. *Amftelodami* , Blaeu , 1663 , *in-8.*

DROIT FRANÇAIS.

100 Edits, Ordonnances & Réglements fur le fait , ordre & police des Mines & Minieres de France , depuis Charles VI , jufqu'à préfent. *Paris* , 1619 , *in-8.*

1. 101 Traité du Faux , ou l'Ordonnance du mois de Juillet 1737 , concernant le faux principal & incident , & la reconnoiffance des écritures & fignatures en matiere civile & criminelle. *Bar-le-Duc* , 1757 , *in-12.*

102 Caufes amufantes & connues. *Berlin*, 2.7
1770, *in-12. 2 vol. avec fig.*

SCIENCES ET ARTS.

PHILOSOPHIE.

INTRODUCTION A LA PHILOSOPHIE.

103 Joannis-Francifci Buddei analecta hiftoriæ 1.5
Philofophiæ. *Halæ-Saxonum*, 1706. — Ejuf-
dem Selecta juris naturæ gentium, 1704, *in-8.*

104 Introduction à la Philofophie , contenant 1.10
la Métaphyfique & la Logique, par G. J. Sgra-
vefande, trad. du latin. *Leyde*, 1748, *in-8.*

105 Introduction à l'Hiftoire univerfelle, contenant les fentiments des Philofophes anciens &
modernes, de toutes les Nations de l'Univers,
fur l'origine & la création du Monde , trad. de
l'Anglais. *La Haye*, 1731 , *in-12.*   1.9

106 La petite Encyclopédie , ou Dictionnaire
des Philofophes; ouvrage pofthume d'un de
ces Meffieurs. *Anvers , in-12.*

Philofophes anciens & modernes.

107 La Philofophie de Socrate par M. Julien
Davion. *Paris*, 1660 , *in 8.*

108 Gometii Perieriæ , Antoniana Margarita ,
opus nempe Phyficis ac Theologis, non minùs 18.19
utile quàm neceffarium. *Methymnæ Campi* , ex

Officinâ Guillielmi de Millis, anno 1572. *in-f.*
(Ouvrage contenant un fyftême fingulier , & dont les
exemplaires font très-rares.)

109 Renati Defcartes Opera Philofophica. *Amf-*
telod. Elzevier , 1650, *in-4. 2 tom. en 1 vol.*

MORALE.

Traités généraux de la Philofophie morale.

110 Synopfeos Philofophiæ moralis libri tres af-
fabrè limati ; politi & levigati à Gualtero Do-
naldfono Scoto. *Francof.* 1631 , *in-12.*

111 La Table de l'ancien Philofophe Cebes , en
laquelle eft defcripte & painéte la voye de
l'homme humain , tendant à vertu & parfaiéte
fcience, trad. du latin en français par Maiftre
Geoffroy Tory de Bourges , Libraire. *Paris ,*
1529 , *in-12.*

112 La Confolation de la Philofophie , trad.
du latin de Boëce par le Sieur de Ceriziers.
Paris , 1663. — La Confolation de la Théologie , par le même de Ceriziers. *Paris ,* 1663,
in-12.

113 Les Eléments de la Philofophie morale trad.
du latin de P. D. M. (Pierre du Moulin.)
Rouen , 1629 , *in-24.*

114 Principes philofophiques pour fervir d'in-
troduétion à la connoiffance de l'efprit & du
cœur humains. *Amfterd.* 1769 , *in-12.*

115 De la Science du monde , & des Connoiffan-
ces utiles à la conduite de la vie , par M. de
Callieres. *Paris ,* 1717, *in-12.*

116 De l'Education des Dames pour la conduite
de

de l'esprit dans les Sciences & dans les mœurs, divisée en cinq Entretiens familiers (par M. Poulain.) *Paris*, 1679, *in-12.*

117 Les Converfations fur divers fujets de Morale, par Mlle. de Scudéry. *Amfterd.*, 1682, *petit in-12. 2 tomes en 1 vol.*

(Edition peu commune d'un Ouvrage eftimé.)

118 Réflexions critiques fur différents fujets de Morale & Politique (par M. Diderot.) *Londres,* 1751, *in-12.*

119 Eflai de Philofophie morale, par M. de Maupertuis. (*Paris,*) 1751, *in-12.*

120 Bagatelles morales & enjouées par M. l'Abbé Coyer. *Londres,* 1754, *petit in-12.*

Traités finguliers de Philofophie morale, des Vertus, des Vices, &c.

121 Petri Victorii Commentarii in decem libros Ariftotelis de moribus ad Nicomachum, cum textu græco. *Florentiæ,* apud Junctas, 1584, *in-fol.*

(Belle édition & recherchée.)

122 Les Caracteres de Théophrafte trad. du grec avec les caracteres ou les mœurs de ce fiecle. *Paris*, 1716. — Suite des Caracteres de Théophrafte & des Penfées de Pafcal. *Paris,* 1699, *in-12. 2 vol.*

123 Les Caracteres des vertus & des vices tirés de l'anglais de M. Jofeph Hall. *Geneve,* 1628. — Le Ciel fur la Terre, ou Difcours fur la vraie tranquillité de l'efprit, tiré de l'anglais

du même Hall, par Théodore Jaquemot. *Gene-*
ve, 1629. ··· Les Arts divins de Salomon, ou
éthiques & politiques trad. du même Joseph
Hall, par le même Jaquemot. *Geneve*, 1632.
— Méditations occasionnelles de Joseph Hall,
publiées par Robert Hall, & mises en français
par Théodore Jaquemot, 1632, *in-12*.

3. 4　124 De la Sagesse, par Pierre Charron, Parisien.
Paris, Journel, 1657, *in-12*.

125 Considérations sur la Sagesse, de Charron,
par le Sieur Chanet. *Paris*, 1644, *in-8*.

10　126 Le Spectateur, ou le Socrate moderne, où
l'on voit un portrait naïf des mœurs de ce
siecle, trad. de l'anglais (de Richard Steel.)
Paris, 1755, *in 4. 3 vol.*

127 Examen critique, ou Réfutation du Livre des
mœurs, composé par M. Toussaint. *Paris*,
1757, *in-12.*

2. 2　128 Réflexions, ou Sentences & maximes morales de M. de la Rochefoucault. — Maximes de
Madame la Marquise de Sablé. — Pensées diverses de M. L. D. *Amsterdam*, 1705, *in-12.*
maroq. rouge fil.

1.　129 Théorie des Sentiments agréables, où, après
avoir indiqué les regles que la nature suit dans
la distribution du plaisir, l'on établit les principes de la Théologie naturelle, &c. *Par.* 1749,
in-8.

1.　130 Hyeronimi Cardani de utilitate ex adversis
capiendâ libri quatuor. *Amstelodami*, 1672,
in-8.

1. II　131 Prudence humaine, ou Moyens par lesquels
on peut avancer sa fortune & s'élever soi-même

à la grandeur , traduit de l'anglais fur la douzieme édition de Londres, par James de la Cour.
Lyon , 1745 , *in-12.*

132 L'Art de vivre heureux , formé fur les idées
les plus claires de la raifon & du bon - fens , &
fur de très- belles maximes de M. Defcartes ,
(par Deflandes.) *Lyon* , 1694 , *petit in-12.*

133 L'Honnête Maîtreffe, ou le pouvoir des Dames fur ceux qui les recherchent honnêtement
en mariage , (par le fieur Couvay.) *Paris* ,
1654 , *in-12.*

134 La Jouiffance de foi-même , par M. le Marquis Caraccioli. *Francfort* , 1761 , *in-12.*

135 Réflexions fur le Ridicule . & fur les moyens
de l'éviter , par M. l'Abbé de Bellegarde. (*Hollande* ,) 1696 , *petit in-12*

136 L'Efprit du fiecle , ou Réflexions morales
fur les Femmes , fur le Jugement. --- Les vrais
& faux Dévots, &c. *Amft.* 1746 , *in-12.*

ECONOMIE.

137 Hyeronimi Cardani de vitâ propriâ , liber ex
Bibliothecâ Gab. Naudæi excerptus. *Paris* ,
1643 , *in-12.*

138 . . . .

139 Les Plagiats de M. Jean-Jacques Rouffeau
fur l'Education. *La Haye & Paris* , 1766 ,
in-12.

140 Differtation fur l'Education phyfique des enfants, depuis leur naiffance jufqu'à l'âge de pu-
berté , par M. Ballexferd. *Paris* , 1762 , *in-8.*

C ij

P O L I T I Q U E.

Traités singuliers du Royaume, de la République, & de leur administration.

141 La Description de l'Isle d'Utopie, où est comprins le mirouer des Républiques du monde, & l'exemplaire de vie heureuse, rédigé par escrit par Thomas Morus, avec l'Espître liminaire, composée par M. Budé. *Paris, l'Angelier, 1550, in-8.*

142 Desiderii crescentii J. C Artes reconditæregendi Respublicas & dominandi, accedunt artes ambiendi dignitates & honores in Repub. & principum Aulis, & selectæ sententiæ politicæ ex variis collectæ. *Gedani, 1685, in-16.*

143 Pierre de Touche politique, tirée du Mont Parnasse, où il est traité du Gouvernement des principales Monarchies du monde, traduit de l'italien de Trajano Boccalini. *Paris, 1626, in-12.*

144 Discours sur les moyens de bien gouverner en paix un Royaume, ou autre Principauté, contre Nicolas Machiavel, (par Innocent Gentillet) troisieme édit. imprimée *sans indication de lieu*, en *1579, in-8.*

145 Du Gouvernement civil, où l'on traite de l'origine, des fondements, de la nature, & des fins des Sociétés politiques. *Amsterdam, 1691, in-12.*

146 Présent royal de Jacques Premier, Roi d'Angleterre, Ecosse, &c. au Prince Henry son fils,

contenant une Inſtruction de bien régner , trad•
de l'anglais. *Paris*, **1603** , *in-12.*

147 Le Conſeiller d'Etat , ou Recueil des plus
générales conſidérations , ſervant au maniement
des affaires publiques , jouxte la copie de Paris,
en 1645 , *petit in-12.*

148 Réponſe aux queſtions d'un Républicain.
Paris , *in-8.*

Traités ſinguliers des divers Etats , du Royaume ;
le Roi , le Prince , la Cour , les Courti-
ſans , &c.

149 Nicolai Machiavelli Princeps ex Sylveſtri
Telii fulginatis traductione emendatus. *Urſellis,*
1600.

150 Le Mirouer exemplaire du Régime & Gouvernement de Princes , ſelon la compilation de
Gilles de Rome. — Le Secret d'Ariſtote , ap-
pellé le Secret des Secrets , envoyé au Roi
Alexandre. — Le nom des Rois de France ,
combien de temps ils ont régné. *Paris* , Guillaume Euſtace , **1517** , *in-4. goth.*

151 Inſtitution d'un Prince, ou Traité des qualités , des vertus & des devoirs d'un Souverain
(par Jean Joſeph Dugué.) *Londres* , 1739,
in-4.

152 Recueil de Maximes véritables & importantes pour l'inſtitution du Roi contre la fauſſe &
pernicieuſe maxime du Cardinal Mazarin (par
Claude Joly.) *Paris* , 1652 , *in-8.*

153 Le même Recueil avec deux lettres apologétiques pour ledit Recueil, contre l'extrait de

l'Advocat du Roi au Châtelet, par le même
Claude Joly. *Paris*, 1663 , *in-12.*

154 Le Prince le délice des cœurs, ou Traité
des qualités d'un grand Roi , par M. M * * *,
Amsterd. 1751 , *in-12.* 2 *tomes en 1 vol.*

155 La Balance universelle du Prince Laurent de
Médicis , à laquelle sont pesés au juste les Princes & Etats les plus considérables de l'Europe ,
traduit du manuscrit italien par le Sieur de la
Croix , italien & français , *in-8. mss.*

156 Réflexions historiques & politiques sur les
moyens dont les plus grands Princes se sont
servis pour gouverner & augmenter leurs Etats,
avec les qualités qu'un Ministre doit avoir, de
quelle condition il faut qu'il soit, &c. *Leyde*,
1739 , *in-12.*

157 Réflexions politiques de Balthasar Gracian ,
sur les plus grands Princes , & particuliérement
sur Ferdinand le Cathol. *Par.* 1730, *in-12.*

158 Lettres à un jeune Prince (le Prince royal
de Suede,) par un Ministre d'Etat (M. le Comte de Tessein) chargé de l'élever & de l'instrui-
re, traduit du Suédois. *Amsterdam*, 1755 ,
in-12.

159 Le Maître & le Serviteur, ou les Devoirs
réciproques d'un Souverain & de son Ministre ,
crayonnés avec une liberté patriotique , par
M. Frédéric-Charles de Moser , & traduit de
l'original allemand, par le Colonel Chevalier
de Champigny. *Hambourg*, 1760, *in-8.*

160 Le Politique très-chrétien, ou Discours politiques sur les actions principales de la vie du
Cardinal de Richelieu. *Paris*, 1648 , *in-12.*

161 Difcours d'Etat par Innocent Gentillet. *A Saint-Vincent*, 1609, *in-8*.

162 Confidérations politiques fur les coups d'E-tat, par Gabriel Naudé, fuivant la copie de *Rome*, 1712, *in-12*.

163 Coups d'Etat des Cardinaux de Richelieu & Mazarin, ou Réflexions hiftoriques & politiques fur leurs minifteres, par l'Abbé Richard, avec un Dialogue contenant le parallele de ces deux grands Miniftres, par François de Salignac de la Motte-Fénelon, jouxte la copie imprimée à *Paris*, en 1757, *petit in-12*.

164 Traité de la Politique privée, tiré de Tacite & de divers Auteurs, *Amfterdam*, 1768, *in-8*.

165 L'Homme univerfel, traduit de l'efpagnol de Balthafar Gracian, (par D. J. de Courbeville.) *Paris*, 1723, *in-12*.

166 Ariante, ou le grand Miniftre, *pet. in-12*.

167 Entretien d'un fage Miniftre d'État, fur l'égalité de fa conduite, en faveur & en difgrace. *Leyde*, Elzevier, 1645, *pet. in-12*.

168 Frederici de Marfelaer Equitis Legatus libri duo. *Amftelod.* 1644, *pet. in-12*.

169 Traité de Politique concernant l'importance du choix exacte d'Ambaffadeurs habiles, avec l'utilité des Ligues, & du rétabliffement des Ordres Militaires en Efpagne, (par Pierre Ferdinand de Galardi.) *Colog.* 1666, *pet. in-12*.

170 Le Parfait Ambaffadeur, trad. de l'efpagnol de Dom Antonio de Vera & de Cunniga, (par le Sieur Lancelot,) *Leyde*, 1709, *in-12*. 2 vol.

171 Le Miniftere du Négociateur. *Amfterdam*,
1763, *in-8.*

1. 4 *Traités finguliers des Intéréts des Princes, de
la Guerre & de la Paix, du Commerce, &c.*

172 Maximes des Princes & Etats Souverains,
(par Henry, Duc de Rohan,) *Colog.* 1686,
pet. in-12.

173 Traité de la Politique de France, par M. P.
H. Marquis de C. (Paul-Hay du Chaftelet.)
Colog. 1669, *in-12.*

1. 174 Le Politique du temps, ou Confeil fidele fur
les mouvements de la France. *Charleville*,
1671, *in 12.*

175 Recueil de Pieces authentiques, pour fervir
à l'Hiftoire de la Paix d'Aix-la-Chapelle, con-
clue en 1748, recueilli par M. R * * *, *Londr.*
1753, *in-12. br.*

1. 10 176 Doutes propofés à l'Auteur de la Théorie de
l'Impôt, (M. Mirabeau.) (*En France*) 1761,
in-4.

177 Examen des effets que doivent produire
dans le Commerce de France, l'ufage & la
fabrication des Toiles peintes. *Geneve & Paris*,
1759, *in-12. v. f.*

13. 18 178 Dictionnaire univerfel du Commerce, par
Savary. *Paris*, 1723 & 1730, *in-fol. 3 vol.*

MÉTAPHYSIQUE.

MÉTAPHYSIQUE.

Traités singuliers de Dieu, de son Existence, de l'Esprit de l'homme, de son Intelligence, &c.

179 Joann. Raphson Demonstratio, sivè Methodus ad cognitionem Dei naturalem, brevis ac demonstrativa : cui accedunt Epistolæ Miscellaneæ, de animæ naturâ, de veritate Religionis Christianæ, de universo, &c. *Londini*, 1710, *in-4. br.*

180 Les Rayons de la Divinité dans les Créatures, ou les raisons de la créance d'un Dieu, tirées de la seule contemplation de tout ce qu'il y a de beau, de rare & de curieux en la Nature, par Messire Claude Morel. *Par.* 1654, *in-8.*

181 Tractatus de Mente humanâ, ejus facultatibus, necnon de ejusdem unione cum corpore, secund. principia Renati Descartes, Auctore Ludovico de la Force. *Amstelod.* Elzevier, 1669, *in-4.*

182 . . . .

183 Henrici Cornelii Agrippæ, de incertitudine & vanitate omnium Scientiarum & Artium liber, & de Nobilitate & Præcellentiâ fœminei sexûs, ejusdemque supra virilem eminentiâ libellus jucundissimus. *Hagæ Comitum,* 1653, *in-12.*

184 Paradoxe sur l'incertitude, vanité & abus des Sciences, trad. en français du latin d'Henry Corneille Agrippa, imprimé en 1605, *in-12.*

185 Francisci Sanchez Doctoris Medici, quod nihil scitur. — De divinatione per somnum ad Aristotelem, — In librum Aristotelis physio-

gnomicon , Commentarius. — De Longitu-
dine , & Brevitate vitæ. *Roterodami* , 1649,
pet. in-12.

186 Les premiers Eléments des Sciences , ou
entrée aux connoissances solides , en divers Entretiens proportionnés à la portée des com-
mençants , & suivis d'un Essai de Logique ,
(par François Lamy , Bénédictin.) *Paris* ,
1706 , *in-12.*

Traités singuliers de la Cabale , de la Magie ,
des Démons , Sorciers , Enchanteurs , & des
Opérations magiques.

187 Henrici Khunrath Amphitheatrum Sapientiæ
æternæ solius veræ, Christiano-Kabbalisticum ,
divino - magicum , necnon Physico - Chymi-
cum & tertri unum catholicon , cum figuris
in æs incisis. *Hanoviæ* , Guillelm. Antonius ,
1609 , *in-fol.*

(Ouvrage singulier, & très-recherché par ceux qui donnent dans ce genre de Cabale, & dont les exemplaires sont
rares)

188 Joannis Wieri de Præstigiis dæmonum, & in-
cantationibus ac veneficiis libri v. *Basileæ* ,
Oporinus , 1566 , *in-8.*

189 Cinq Livres de l'Imposture & Tromperie des
Diables : des enchantements & sorcelleries ,
trad. du latin de Jean Wier , par Jacques Gre-
vin. *Paris* , Dupuis , 1567 , *in-8.*

290 De l'Imposture & Tromperie des Diables ,
Devins , Enchanteurs , &c. par Pierre Massé ,
du Mans. *Paris* , Poupy , 1579 , *in-12.*

191 Démonologie , ou Traité des Démons & 1. 16
Sorciers, de leur puiffance & impuiffance , par
François Perreaud ; enfemble l'Antidémon , de
Mafcon , ou Hiftoire véritable de ce qu'un
Démon a fait & dit , il y a quelques années , en
la maifon dudit fieur Perreaud à Mafcon. *Genev.*
1653 , *in-12.*

192 L'Hiftoire des Imaginations extravagantes 3.
de M. Oufle , caufées par la lecture des livres
qui traitent de la Magie , du Grimoire , des Démons , &c. (par l'Abbé Bordelon.) *Paris* ,
1710, *in-12. 2 vol. avec fig.*

193 Lettres de M. de Saint-André , au fujet de 1.
la Magie , des Maléfices & des Sorciers. *Paris* ,
1725 , *in-12.*

194 Traité par dialogues de l'Energie ou Opéra-
tion des Diables , trad. en français du grec de
Michel Pfellus , par Pierre Moreau. *Par.* Chau-
diere , 1576 , *in-12.*

195 P. Hieronymi Mengo , Flagellum Dæmo- 2.
num , exorcifmos terribiles , potentiffimos &
efficaces acceffit liber , qui fuftis Dæmonum
infcribitur. 1725 , *in-8.*

196 Le Fléau des Démons & des Sorciers , par
J. B. Angevin , (Jean Bodin.) *Nyort,* 1616,
in-12.

197 Hiftoire prodigieufe & lamentable de Jean 1.
Faufte , grand & horrible Enchanteur , avec fa
mort épouvantable. *Rouen,* 1667 , *pet. in-12.*

PHYSIQUE.

Traités généraux de Physique.

198 Les Livres de H érome Cardan, de la Sub-
tilité & fubtiles Inventions , enfemble les
Caufes occultes & raifon d'icelles , trad. du lat.
par Richard Leblanc. *Paris*, Lenoir, *1556*,
in-4.

299 Nouveau Traité de Phyfique fur toute la nature, ou méditations & fonges fur tous les
corps dont la Médecine tire les plus grands
avantages pour guérir le corps humain , &c.
Paris, 1743 , *in-12.*

TRAITÉS SINGULIERS DE PHYSIQUE , DE L'HOMME , DE SES FACULTÉS , &c.

Mélanges de Phyfique.

200 Philofophiæ polito-barbaræ Specimen , in
quo de anima & ejus habitibus intellectualibus
agitur , à Bartenio Holiday. *Oxonii* , 1633 ,
in-8.

201 Parallele de la condition & des facultés de
l'homme avec la condition & les facultés des
autres animaux , trad. de l'anglais par Jean-
Baptifte Robinet. *Bouillon & Paris* , 1769,
in-12. br.

202 La Pfycantropie , ou nouvelle Théorie de
l'homme. Spectacle des efprits. *Avignon* ,
1748 , *in-12. 3 tomes en 1 vol.*

203 Traité des Caufes phyfiques du rire , relati-
vement à l'art de l'exciter. *Amfterdam*, 1768,
in-8. br.

204 Athanasii Kircheri, Societ. Jesu, Scrutinium physico-medicum contagiosæ luis, quæ pestis dicitur. *Romæ, Typis* Mascardi, 1678, *in-4. vélin.*

205 Description de l'aimant qui s'est formé à la pointe du clocher neuf de Notre - Dame de Chartres, avec plusieurs expériences sur l'aimant & sur d'autres matieres de Physique, par M. L. L. de Vallemont. *Paris*, 1692, *in-12.*

206 Dissertation sur la nature & la propagation du feu (par Madame la Marquise du Chastelet.) *Paris*, 1744. — Lettre de M. de Mairan à Madame du Chastelet, sur la question des forces vives, &c. *in-8.*

207 Tentamen de vi electricâ ejusque phænomenis in quo aëris, cum corporibus universi æquilibrium proponitur, auctore Nicolao Bammacaro. *Neapoli*, 1748, *in-8.*

208 Expériences & observations sur l'Electricité, faites à Philadelphie en Amérique, par M. Benjamin Franklin, trad. de l'anglais. *Par.* 1752, *in-12. br.*

209 Effets de la force de la contiguité des corps, par lesquels on répond aux expériences de la crainte du vuide & à celles de la pesanteur de l'air, par le R. P. Cherubin, Capucin. *Paris*, 1689, *in-12. fig.*

210 Essai sur l'Electricité des corps, par M. l'Abbé Nollet. *Paris*, 1746, *in-12. fig. br.*

HISTOIRE NATURELLE.

DES MINÉRAUX, DES EAUX, DES PLANTES, &c.

Mélanges d'Histoire Naturelle.

211 Joannis Guidii Volaterrani de Mineralibus Tractatus. *Francofurti*, 1627, *in-4.*

212 Vallerius Lotharingiæ, ou Catalogue des Mines, terres, fossiles, &c. qu'on trouve dans la Lorraine & les trois Evêchés, par Pierre-Joseph Buchoz. *Paris*, *in-8. br.*

213 Andreæ Baccii Elpidiani de Thermis libri septem, in quibus agitur de universâ aquarum naturâ, deque earum differentiis omnibus, &c. *Venetiis*, Valgrisius, 1571, *in-fol.* Editio prima.

(Ouvrage très-estimé, & dont les exemplaires sont rares.)

214 Aliud exemplar præcedenti operis de Thermis, tertia Editio. *Romæ*, Mascardi, 1622, *in-fol.*

215 Aliud exemplar, editio quarta & ultima. *Patavii*, 1711, *in-fol.*

216 Discours économique non moins utile que récréatif, montrant comme de 500 liv. pour une fois employées, on peut tirer par an 4500 liv. de proffict honneste, par Prudent le Choyselat. *Rouen*, 1612, *in-12.*

(Traité singulier & peu commun.)

217 Theophrasti de causis plantarum, libri sex ; Theodoro Gaza interprete. *Lutetiæ*, ex Officina Christ. Wechel, 1539, *in-8.*

218 Hiſtoire générale des Plantes, traduit du latin de Jacques d'Alechamp, par Jean Deſmoulins. *Lyon*, 1653, *in-fol.* 2 *vol.*

219 Tourneforius Lotharingiæ, ou Catalogue des Plantes qui croiſſent dans la Lorraine & les trois Evêchés, par P. J. Buchoz. *In-8.*

220 Traité hiſtorique des Plantes qui croiſſent dans la Lorraine & les trois Evêchés, contenant leur deſcription, figures, &c. par P. J. Buchoz. *Paris*, 1770, *in-8.* 9 *tom. en* 10 *vol.*

221 Hortus Kewenſis, ſiſtens herbas exoticas, indegenaſque rariores in Areâ botanicâ Hortorum Principiſſæ Cambriæ Dotiſſæ, apud Kew, in Comitatu Surreiano cultas, Autore Joan. Hill. *Londini*, 1768, *in-8. br.*

222 Wolfgangi Franzii Animalium Hiſtoria ſacra. *Amſtelodami*, 1643, *pet. in-12.*

223 Caroli Cluſii Atrebat. rariorum aliquot ſtirpium, per Hiſpanias obſervatarum, Hiſtoria, libris duobus expreſſa. *Antuerpiæ*, Plantinus, 1576, *in-8.*

224 Les Secrets & Merveilles de Nature, recueillis de divers Auteurs, par Jean-Jacques Wecker. *Rouen*, 1699, *in-8.*

225 Les Occultes merveilles & Secrets de Nature, avec pluſieurs enſeignements des choſes diverſes, tant par raiſon probable, que par conjecture artificielle ; expoſés en deux livres, par Levin Lemne, trad. en français par J. G. P. *Paris*, Galiot Dupré, 1574, *in-8.*

226 Catalogue ſyſtématique & raiſonné des Curioſités de la Nature & de l'Art, qui ont com-

poſé le Cabinet de M. Davila, avec fig. en taille-douce. *Paris*, 1767, *in-8. 3 vol.*

MÉDECINE.

Traités généraux & particuliers de Médecine.

227 Medicinæ theoreticæ Medulla, ſeu Medicina animi & corporis, ad Jatrophilum, Opus M. Pauli Dubé, Medici. *Pariſ.* 1671, *in-12.*

228 Souverainetés contre toutes maladies, tirées & traduites de Marcellus, par Antoine Dumoulin. *Lyon*, Jean Detournes, 1582, *in-16.*

229 De l'Indécence aux hommes d'accoucher les femmes, & de l'Obligation aux femmes de nourrir leurs enfants. *Trévoux*, 1708, *in-12.*

230 Diſſertation ſur la génération, ſur la ſuperfétation, & la réponſe au Livre intitulé : *De l'Indécence aux hommes d'accoucher les femmes, &c.* par le ſieur de la Motte, Chirurgien. *Paris*, 1718, *in-12.*

231 Le Gouvernement néceſſaire à un chacun pour vivre longuement en ſanté, par Nicolas Abrah. de la Frambroiſiere. *Par.* 1600, *in-12.*

232 Le Médecin de ſoi-même, ou l'Art de ſe conſerver la ſanté par l'inſtinct, (par Jean Devaux.) *Leyde*, 1682, *pet. in-12. vél.*

233 Régime de ſanté pour ſe procurer une longue vie & une vieilleſſe heureuſe, &c. contre un Livre intitulé *Le Médecin de ſoi-même*, par le ſieur D. L. C. (de la Cour.) *Paris*, 1686, *in-12.*

234 Douze Dialogues de la ſanté, compoſés par M * * *. *Amſterd.* 1684, *in-12. br.*

235

235 Le parfait Confiturier, qui enseigne à bien faire toutes sortes de confitures, tant seches que liquides, par le sieur (de la Varenne.) *Paris*, 1667, *in-12.*

236 Godofredi Klaunigii Nosocomium charitatis, sive Historiarum medicarum in Nosocomio SS. Trinitati sacro observatarum, *Uratislaviæ*, 1718, *in-4. br.*

237 Le Médecin des Pauvres, qui enseigne le moyen de guérir les maladies, &c. (par Guy Patin.) *Paris*, 1678, *in-12.*

238 La Méthode curatoire de la maladie vénérienne, vulgairement appellée grosse vairiole, par Thierry de Hery. 1552, *in-8.*

239 Traité des maladies vénériennes, (par M. de la Metrie.) *In-12.*

240 Nouvelles Observations sur les maladies vénériennes, par M. Boirel. *Paris*, 1711, *in-12.*

241 Dissertation sur une nouvelle méthode de traiter les maladies vénériennes par des lavements, par M. Royer. *Paris*, 1767, *in-8.*

242 Traité de Primerose sur les erreurs vulgaires de la Médecine, par M. de Rostagny, *Lyon*, 1689, *in-8.*

243 Anecdotes de Médecine, (par M. Barbeu du Bourg.) *Lyon*, 1762, *in-12.*

CHYMIE ET ALCHYMIE.

244 La Chymie véritable & facile, en faveur des Dames, (par Mlle. Marie Meurdrac.) *Paris*, 1687, *in-12.*

E

245 Les admirables Secrets de la Médecine chymique, du Sieur Joseph Quinti, Vénitien, trad. de l'italien. *Liege*, **1711**, *pet. in-12.*

246 Le Messager de la Vérité, traité contenant la composition & propriété d'un remede spécifique pour toutes sortes de maux ; la maniere de s'en servir, avec le régime de vivre, &c. *Ausbourg*, 1723, *pet. in-12.*

247 Recueil des Remedes faciles & domestiques, choisis & expérimentés, &c. recueillis par les ordres de Mlle. Fouquet. *Dijon*, 1700, *in-12.*

248 Le Bâtiment des receptes, trad. d'italien en français. *Troyes*, 1699. — Le Secret des Secrets de nature, extrait, tant du petit Albert, qu'autres Philosophes, recueilli par M. C. M. Allemant de Sacé. *Troyes*, 1699, *pet. in-12.*

249 Les Clefs de la Philosophie spagyrique, qui donnent la connoissance des principes & des véritables opérations de cet art dans les mixtes des trois genres, par M. le Breton. *Paris*, 1723, *pet. in-12.*

250 Bibliotheque en abrégé de la vraie Médecine, conduite par la lumiere, dans laquelle on trouvera autant de perfection qu'il y a d'imperfections dans ces Bibliotheques confuses, & où l'on trouve les abus de l'Ecole de Médecine à découvert : ouvrage dédié à la Raison, avec son approbation. *In-12.*

251 Désabusement des Esprits vains, qui s'amusent à chercher dans l'art ce qui n'est que dans la nature ; & dans la nature, ce qu'elle n'est pas, par Maître Louis Pascal. *Tolose*, 1626, *in-12.*

252 Inftruction à la France fur la vérité de l'Hif- 2
toire des Freres de la Roze-Croix , par G.
Naudé. *Paris*, 1623. — Examen fur l'in-
connue & nouvelle Cabale des Freres de la
Roze-Croix. *Paris*, 1623, *in-8*.

253 Le Parnaffe affiégé, ou la guerre déclarée
entre les Philofophes anciens & modernes,
(Roman philofophique traitant de l'Alchymie.)
Lyon, 1697, *pet. in-12. br.*

254 Les Aventures du Philofophe inconnu , en 2. 11.
la recherche & en l'invention de la Pierre phi-
lofophale, (publiées par M. Antoine Belin.)
Paris, 1546. — Le Tombeau de la pau-
vreté , dans lequel il eft traité clairemenr de la
tranfmutation des métaux , & du moyen qu'on
doit tenir pour y parvenir , par un Philofophe
inconnu *Paris*, 1573 , *pet. in-12*.

255 Comte de Gabalis , ou entretiens fur les 2. 11.
fciences fecrettes. *Cologne*. — La fuite du
Comte de Gabalis , ou nouveaux Entretiens fur
les Sciences fecrettes. *Amfterdam*. — Les Gé-
nies affiftants & Gnomes irréconciliables , fervant de fuite au *Comte de Gabalis*, (par
l'Abbé de Villars. *La Haye*, 1738 , *in-12*,
3 vol.

MATHÉMATIQUES.

Algebre, Géométrie, Aftronomie, Aftrologie,
Optique, Méchanique, Mufique.

256 Excerpta quædam è Newtonii Principiis 2. 19
Philofoph. naturalis , cum notis variorum.
Cantabrigiæ, 1765 , *in-4*.

157 Penſées critiques ſur les Mathématiques, où l'on propoſe divers préjugés contre ces ſciences, à deſſein d'en ébranler la certitude, (par l'Abbé Cartaud de la Villate.) *Paris*, 1733, *in-12*.

258 Eléments d'Algebre & du Calcul littéral, par M. le Blond. *Paris*, 1768, *in-8*.

259 Eléments de Géométrie de l'infini, ſervant de ſuite aux Mémoires de l'Académie Royale des Sciences. *Paris*, 1727, *in-4*.

260 Analyſis per quantitarum ſeries, fluxiones, ac differentias, cum enumeratione linearum tertii ordinis. *Londini*, 1711, *in-4*.

261 Livre manuſcrit ſur vélin, exécuté à deux colonnes, & en caracteres gothiques, vers l'an 1350, décoré de lettres initiales peintes en couleur, contenant différents Traités de Philoſophie ; ſavoir, un Traité d'Aſtronomie & d'Aſtrologie, tranſlaté de latin en français, par le commandement du Prince Charles, fils du Roi Jean, par Robert Godefroy. — Un Traité qu'envoya Ariſtote à Alexandre le Grand, intitulé: *le Gouvernement des Princes*. — Un Traité intitulé *de la Diete univerſale*, ſelon les anciens Auteurs de la Médecine. — Deux autres petits Traités intitulés, l'un *Teſtament des nobles Philoſophes* ; l'autre *le Livre d'Ariſtote ſur la Pierre philoſophale*, &c. *in-fol. bien conſervé.*

262 La Lunette aſtronomique, ou obſervations propheti-critico-politi comiques & galantes, faites ſur les Ephémérides de l'année 1743, *petit in-12*.

263 Caſpari Penceri Commentarius de præcipuis generibus Divinationum, &c. *Witebergæ*, 1560, *in-8*.

264 Cartel aux Judiciaires & celoteurs Aftro-
logues, auquel fera combattue divinement &
humainement la vanité de leurs accreuz planet-
tes, la nullité du figne, &c. par Jacques Mol-
lan. *Lyon*, Jean Stratius, 1585, *in-8.*

265 La Métopofcopie de Hiér. Cardan, avec
le Traité des marques naturelles du corps, par
Melampus; le tout trad. en français par le Sieur
de Lavrendiere. *Paris*, 1658, *in-fol.*

266 Parithéon, ou le Temple des Oracles diver-
tiffants, dans lequel chacun peut apprendre ce
qui lui doit arriver de bonheur ou de malheur
en fes deffeins. *Paris*, 1654, *in-12.*

267 Le Palais des Curieux de l'amour & de la
fortune, avec l'explication des fonges & des
vifions, & un Traité de Phyfionomie ; le tout
trad. par M. W. D. L. C. (Wulfon de la Co-
lombiere.) *Paris*, 1697, *in-12.*

268 Les vraies Centuries de M°. Michel Noftra-
damus, où fe voit repréfenté tout ce qui s'eft
paffé en France & en Efpagne, &c. *Paris*,
1669, *in-12.*

269 La Concordance des Prophéties de Noftra-
damus, avec l'Hiftoire depuis Henri II, jufqu'à
Louis le Grand ; la Vie & l'Apologie de cet
Auteur, par M. Guynaud. *Paris*, 1693,
in-12.

270 Almanach du Diable, contenant des prédictions très-curieufes & abfolument infaillibles,
pour l'année 1737 ; avec la critique & la
contre-critique dudit Almanach. *Pet. in-12.*
mar. r.

271 Joannis Chriftoph. Kolhanfii Tractatus op-

ticus qui res quàm plurimas, utiles, jucundas, ludricas, naturaliter fiftere docet, necnon vitra, fpecula, tubofque opticos parandi & conficiendi rationes defcribit. *Lipfiæ*, 1663, *in-8.*

272 Canaux navigables, ou développement des avantages qui réfulteroient de l'exécution de plufieurs projets en ce genre, pour la Picardie, l'Artois, la Bourgogne, &c. par Simon-Nico-las-Henry Linguet. *Amft. & Paris*, 1769, *in-12. br.*

273 Franc. Mar. Merfenni Harmonicorum libri XII, in quibus agitur de Sonorum naturâ, cau-fis & effectibus. *Lutetiæ*, 1648, *in-fol. fig.*

ARTS.

ARTS DIFFÉRENTS:

De la Mémoire, Ecriture, Peinture, Militaire, Pyrotechnique, Gymnaftique, &c.

274 Traité de la Mémoire, où l'on explique d'une maniere nette & méchanique fes effets les plus furprenants, par M. de Billy. *Paris*, 1708, *in-12.*

275 Tachéographie, ou l'Art d'écrire auffi vîte que l'on parle, par le fieur Charles Aloyfius Ramfay. *Paris*, 1681, *in-12.*

276 Catalogue hiftorique du Cabinet de Pein-ture & de Sculpture françaife de M. de la Live. *Paris*, 1764, *in-4. maroq. roug. fil.*

277 Les Stratagêmes de Guerre, dont fe font fervi les plus grands Capitaines du monde, par M. Carlet de la Roziere. *Paris*, 1756, *petit-in-12.*

278 Les Travaux de Mars, ou l'Art de la Guerre, *7. 4*
divifé en trois parties , par Allain Maneſſon
Mallet. *Paris*, 1685, *in-8. 3 vol. fig.*

279 Annibal & Scipion , ou les grands Capitaines, avec les ordres & les plans de batailles,
(par M. C. de Meftre.) *La Haye*, 1675,
in-16. br.

280 La Méchanique du feu, ou l'Art d'en augmenter les effets & d'en diminuer la dépenfe,
contenant le Traité des nouvelles cheminées qui
échauffent plus que les cheminées ordinaires, *6.*
par M. G * * * (Genneté.) *Cofmopoli*, 1714,
in-12. fig.

281 Le Livre intitulé : *Phœbus* , des déduits de la
Chaffe des bêtes fauvaiges & des oifeaux de
proie, compofé, partie en profe, partie en
ryme, par Gafton , Comte de Foys , Seigneur
de Beau-Ru ; imprimé à Paris , chez Antoine
Verard , *fans indication d'année. In-fol. goth.*

282 Le Livre de la Chaffe du grant Sénefchal de *3.*
Normandie, & les Dicts du bon chien Soulliart,
qui fut au Roi Louis de France , fixieme de ce
nom, compofé en rime françaife. — Le Livre
de Fauconnerie & des Chiens de chaffe, compofé par Guill. Tardif, du Puy en Vélay. *Par.*
Jean Trepperel , 1509 , *in-8. goth. mar. vert.*

283 La Maifon académique , contenant les jeux *1.*
du Piquet, du Hoc , &c. *La Haye*, 1702,
in-12.

BELLES-LETTRES.

GRAMMAIRES ET DICTIONNAIRES
DES LANGUES GRECQUE, LATINE, FRANÇAISE, &c.

284 LEXICON latino-græco ungaricum, cui adjectum eſt Dictionarium ungarico latinum, auctore Alberto Molnar. *Francofurti - ad - Mœnum*, 1645, *in-8*.

285 Laurentii Vallenſis Elegantiæ de linguâ latinâ. — Ejuſdem de pronomine ſui ad Joannem Tortelium. — Ejuſdem lima quædam per Antonium Mancinellum. *Venetiis*, Criſtoferus de Penſis, anno 1496, die XV Junii, *in-fol.*

286 Linguæ latinæ Liber Dictionarius quadripartitus. I English latine. — II A. Latine claſſical. — III A. Latine proper. — IV A. Latine Barbarous, operâ & ſtudio Adami Littleton. *London*, 1760, *in-4*.

287 De l'Art de parler, (par le P. Bern. Lamy.) *Paris*, 1675, *in-12*.

288 Des Mots à la mode, ou des nouvelles Façons de parler, par M. D. C. (François de de Caillieres.) *Paris*, 1692, *in-12*.

289 Deux Dialogues du nouveau langage français italianizé, & autrement déguiſé ; principalement entre les Courtiſans de ce temps ; de pluſieurs Nouveautés qui ont accompagné cette nouveauté de langage ; de quelques Courtiſa-
niſmes

nifmes modernes , & de quelques Singularités courtifanefques, par Jean Franchet, dit Philau-fone , (Henri Etienne.)(*Paris,*) 1578 , *in-8.*

290 Principes généraux & raifonnés de la Gram-maire Françaife , par Reftaut. *Paris ,* 1767, *in-12.*

291 Dictionnaire comique, fatyrique, critique , burlefque , libre & proverbial , par Philibert-Jofeph Leroux. *Amft.* (*Paris,*) 1750 , *in-8.*

292 Dictionnaire latin - français - allemand , & allemand-français-latin , par Nathanael Duez. *Amfterd.* Elzevier , 1664 , *in-4.* 2 *vol.*

RHÉTORIQUE ET ORATEURS.

293 Petri Victorii Commentarii , in tres libros Ariftotelis de Arte dicendi , cum textu græco. *Florentiæ ,* apud Junctas , 1579 , *in-fol.*

294 Marci Fabii Quintiliani de Inftitutione ora-toriâ , libri XII , ex recognitione , & cum notis Claudii Capperonerii. *Par.* 1725 , *in-fol.*

295 La Rhétorique françaife , très-propre aux jeunes gens qui veulent apprendre à parler & écrire avec politeffe , (par le P. Lamy.) *Paris,* 1698 , *in-12.*

296 Jofephi Juvencii è Societate Jefu , Candi-datus Rhetoricæ. *Par.* 1739, *in-12.*

297 Joannis de Rœi Cogitata de interpretatione quibus natura humani fermonis, & illius rectus, ufus, ab hujus fæculi errore vindicantur. *Amft.* 1692 , *in-4.*

298 Le Génie de la Littérature Italienne. *Paris,* 1760 , *in-12.*

F

299 Penſées de Cicéron, trad. en français, avec le latin à côté, par M. l'Abbé d'Olivet. *Paris*, 1764, *in-12.*

POÉTIQUE.

Poëtes Grecs & Latins, anciens & modernes.

300 Theocriti Syracuſani Eidilia triginta-ſex, latino carmine reddita, Elio Eobano Interprete. *Baſileæ*, Cratander. 1531, *in-12.* (*litteris italicis.*)

301 M. Accii Plauti Comediæ XX Superſtites. J. Philippus Pareus reſtituit, notiſque perpetuis illuſtravit. *Francof.* 1610, *in-8.*

302 M. Accii Plauti Comediæ, cum notis variorum, editæ à Marco Zuerio Boxhornio. *Lugd. Batav.* Hackius, 1645, *in-8.* (*litt. italicis.*)

303 Les Comédies de Térence, avec la traduct. & les remarques de Madame Dacier, & les figures de Bern. Picart. *Rotterd.* 1717, *in-12.* 3 *vol.*

304 Pub. Virgilii Mar. Opera. *Birminghamiæ*, Typis elegant. Baskerville, 1766, *in-8. mar. roug.*

305 Les Œuvres de Virgile, tranſlatées de latin en français, & moralement expoſées, par Guill. Michel, dit de Tours. *Paris*, Galliot-Dupré, 1529, *in-fol. goth.*

306 Eglogues de Virgile, traduct. nouvelle, avec des notes hiſtoriques & critiques, & le texte à côté, par M. Vaillant. *Paris*, 1724, *in-12.*

307 L'Enfer burleſque, ou le ſixieme de l'Enéide traveſtie, & accommodé à l'hiſtoire du temps. *Anvers*, ſans date, *pet. in-12.*

308 Nouvelles Remarques sur Virgile & sur Homere, & sur le prétendu style poétique de l'E-
criture Sainte, ou les Sopho-mories, & les
Folies des Sages & des Savants, (par l'Abbé
Faydit.) *Paris*, 1705 & 1710, *in-12. 2 vol.*

309 Quinti Horatii Flacci Venusini Poemata
omnia, quibus respondet index Th. treteri, nu-
per excusus. *Antuerpiæ*, Plantin, 1576, *in-8.*
(*litteris italicis.*)

310 Quinti Horatii Flacci Opera, Typis elegan-
tiss. Baskerville. 1762, *in-12. maroq. roug.*

311 Les Œuvres galantes & amoureuses d'Ovide,
contenant l'Art d'aimer, & le Remede d'Amour,
&c. trad. en français, 1763, *in-12. 2 vol.*

312 L'Ovide en belle humeur, par le sieur d'As-
souci, ou les Métamorphoses d'Ovide, en vers
burlesques. *Paris*, 1664. — Le Ravissement
de Proserpine, Poëme burlesque, du même,
1664. — Le Jugement de Pâris, Poëme burlesque, par le même, 1664. *petit in-12.*

313 M. Val. Martialis Epigrammata. *Lugd.* Gryphius, 1553. — D. Junii Juvenalis Satyrarum
Libri quinti. A. Persii Flacci Satyrarum Liber I.
cum notis Theod. Pulmanni. *Antuerpiæ*, Plantin, 1565, *in-8.* (*litteris italicis.*)

314 Les Satyres de Juvénal & de Perse, traduites
en prose, avec le latin à côté, (par M. de la
Valterie.) *Paris*, 1681, *in-12. 2 vol.*

315 Poetæ tres elegantissimi, scilicet Michael
Marcellus, Hyeron. Angerianus, J. Secundus.
Parif. 1582, *in-16.*

316 Hortus Epitaphiorum selectorum, ou Jardin d'Epitaphes choisies, où se voient les fleurs

de plusieurs vers funebres, tant anciens que nouveaux. *Paris*, 1648, *in* 12.

317 Francisci - Antonii Lefebvre Carmina, de Auro, de terræ Motu, & de Musica. *Paris.* 1703-1704. *in-12.*

318 L'Excellence de l'Imprimerie, Poëme latin, dédié au Roi, par Claude Thibouft, & traduit en français par son fils, Imprimeur du Roi, avec des notes & des figures, & le texte latin à côté. *Paris*, 1754. — Poésies de M. Lainez. *La Haye*, 1753, *in-8.*

Poëtes Français, anciens & modernes.

319 Le Jardin de Plaisance & Fleur de Rhétorique, contenant plusieurs beaux Livres, composés en rime française : comme le Donnet de Noblesse, baillé au Roi Charles VIII ; le Chief de Joyeuseté. *Lyon*, Olivier Arnollet, *in-4. goth.*

320 Recueil des plus belles Pieces des Poëtes Français, tant anciens que modernes, avec l'Histoire de leur vie, (par M. Barbin.) *Amst.* 1692, *in-12. 5 vol.*

321 Bibliotheque poétique, ou nouveau Choix des plus belles Pieces de vers en tout genre, depuis Marot, jusqu'aux Poëtes de nos jours, avec leurs vies, & des Remarques sur leurs ouvrages, (par M. le Fort de la Morinier.e) *Paris*, 1745, *in-4. 4 vol.*

322 Le Parterre du Parnasse Français, ou nouveau Recueil de Pieces les plus rares & les plus curieuses, depuis Marot jusqu'à présent, par M. Bonafous. *Amst.* 1710, *in-12.*

323 Fabliaux & Contes des Poëtes Français des 2. 11
douzieme, treizieme, quatorzieme & quinzieme
fieclès, (par M. de Barbazan.) *Paris*, 1766,
in-12. 3 vol.

324 Nouveau Cabinet des Mufes, ou l'Elite des 1. 4
plus belles Poéfies de ce temps. *Paris*, 1658.
— La Batrachomyomachie, ou la Guerre des
Grenouilles & des Rats, trad. du grec d'Homere,
en vers burlefques. *Paris*, 1658, *in-12.*

325 Le Labyrinthe d'Amour, ou Suite des Mufes folâtres, recueillie des meilleurs Poëtes de
ce temps. *Rouen*, 1615, *in-24. vélin.* 1. 18

326 Le Tréfor du Parnaffe, ou le plus joli des
Recueils. *Londres*, *Paris*, 1761, *in-12. 2. t.*
en 1 vol.

327 Nouveau Recueil de plufieurs & diverfes Pieces galantes de ce temps, en vers. 1665, *in-12.*

328 La Mufe Coquette, ou les délices de l'hon- 1.
nête amour & de la belle galanterie, recueillie
par le fieur Colletet. *Paris*, 1660, *in-12.*

329 Maître Pierre Pathelin, de nouveau reftitué 1.
à fon naturel, avec le blafon & le loyer des fauf-
fes & folles amours, en rimes. *Paris*, Groul-
leau, 1564, *in-16.*

330 Œuvres de François Villon, avec les re- 1. 7
marques de diverfes perfonnes, (par M. Formey). *La Haye*, 1742, *in-12.*

331 Le Recueil de Jean Marot fur les deux heu- 1.
reux voyages de Genes & de Venife, mis à
fin par le Roi Louis XII, & compofé en rime
françaife. *Paris*, 1532, *in-8. lettres rondes.*

332 Les Œuvres & Mêlanges politiques d'Etien- 1. 10
ne Jodelle, fieur du Lymodin. *Paris*, 1583,
in-12. maroq. verd.

333 Les Œuvres poétiques de Théophile. *Paris,*
1 62 , *in-12.*

2. 10) 334 L'Ami fans fard qui confole les affligés , en
vers burlefques, par M. Jacques Jacques. *Lyon,*
1664, *in-12.*

1. 11 335 Le Faut mourir , & les Excufes inutiles que
l'on apporte à cette néceffité, en vers burlefques,
par Me. Jacques Jacques. *Rouen* , 1686,
in-12.

1. 11 336 La Ville de Paris, en vers burlefques , contenant les galanteries du Palais ; la chicane des
des Plaideurs ; les Filouteries du Pont-neuf ;
l'Eloquence des Harangeres de la Halle , &c.
par le fieur Berthalud ; augmenté de la Foire
Saint-Germain , par le fieur Scarron. *Troyes,*
1699, *petit in-12.*

1. 11 337 Œuvres diverfes du fieur D***, (Defpréaux.)
Amfterdam , 1714 , *in-12.* 2 *vol.*

338 Voyage de MM. de Bachaumont & Cha-
pelle, avec un mélange de Pieces fugitives ,
tirées du Cabinet de M. de Saint-Evremont.
Utrecht, 1697, *in-12.*

1. 5) 339 Defcription de la Ville d'Amfterdam , en
vers burlefques , felon la vifite de fix jours
d'une femaine, par le fieur Pierre le Jolle. *Amft.*
1666, *in-12.*

1. 340 Les Epîtres & autres Œuvres de Regnier ,
avec des remarques. *Londres* , 1730 , *in-8.*

341 Porte-feuille de Madame *** (la Ducheffe
du Maine ,) contenant diverfes Odes, Idyles,
& Sonnets, &c. *Paris,* 1715 , *in-12.*

342 Poéfies de M. de V***, (de Villiers.)
— L'Art de prêcher. — De l'Amitié, &c.
Paris, 1728, *in-12.*

343 Œuvres diverses de J. B. Rousseau. *Amsterd.* 7 '9
1734, *in-12. 5 vol.*

344 Supplément aux Œuvres de Rousseau, contenant toutes les Pieces que cet Auteur a reje-
tées de son édition. *Londres*, 1723, *in-12.*   2 . 11

345 Porte-feuille de J. B. Rousseau. *Amst.* 1751,
in-12. 2 vol.

346 Poésies de M. l'Abbé de Chaulieu & de M.
le Marquis de la Farre. *Amst.* 1724, *in-8.*

347 Poésies héroïques, morales & satyriques,
par M. de * * * (Sanlecque.) *Harlem*, 1696. 1. 10
— Satyre XII de M. Boileau Despréaux, sur
l'Equivoque. 1711, *in-8.*

348 Poésies & Œuvres diverses de M. de la Loup-
tiere. *Londres* & *Paris*, Duchesne, 1768,
in-8. 2 vol.

349 Le Plaisir, Rêve, Poëme divisé en six 1. 5
Songes. *Londres*, 1755, *in-8.*

350 La Henriade, de M. de Voltaire. *Londres*, 1. 4
1728, *in-4.*

351 Lettres critiques sur la Henriade de M. de 2. 4
Voltaire. *Lond.* 1728. — Lettre d'un Quaker
à M. de Voltaire, écrite à l'occasion de ses
remarques sur les Anglais, particuliérement sur
les Quakers, trad. de l'anglais. *Lond.* 1745.
— Eloge de M. de Voltaire. *A Véromanie*,
imprimé à ses dépens, chez Clairvoyant. 1753.
— Examen du Voltéranisme. 1757. — Nouveau Précis de l'Ecclésiaste, sur les mêmes
passages de M. de Voltaire. *Amsterd.* 1759. —
Epître du Diable à M. de Voltaire. 1760,
in-8.

352 Odes de M. D * * *, (de la Motte,) avec

un Discours sur la Poésie en général & sur l'Ode en particulier. *Paris*, 1707, *in-12.*

1.4   353 Lettres de M. de la Motte, de l'Académie Française, suivies d'un Recueil de vers servant de supplément à ses Œuvres. 1754, *in-12.*

354 Recueil de Poésies amusantes, de M. B***. *Geneve*, 1756, *in 8.*

355 Poésies diverses de M. Lainez. *La Haye*, 1753, *in-8.*

356 Poésies diverses de Société, par M. de L**. *Londres*, 1767, *in-12.*

3.2   357 Recueil de Poésies diverses; savoir, Contes, Epigrammes, &c (par le Sieur Bourette de Gisors.) *Paris*, 1733, *in-8.*

358 Recueil de Poésies de M. Sedaine. *Londres & Paris*, 1760, *in-12.*

1.4   359 Œuvres mêlées, en vers & en prose, de M. le Cardinal de Bernis. *Leyde*, 1756 *in-12.*

6.16   360 Pieces diverses de Poésie, sur les principaux événements arrivés dans la fin du siecle dernier, & dans le commencement de celui-ci, recueillies par D. Louis. *Utrecht*, 1735, *in-12.*

(Recueil intéressant par les pieces qu'il contient, & peu commun.)

361 . . . .
. . . .
. . . .

1.10   362 Recueil de Pensées rimées, sur les affaires du temps, par le Nouvelliste malin. *Rome*, 1748, *in-12. br.*

363 Joseph, ou l'Esclave fidele, Poëme en six livres. 1705, *in-12.*

364

364 Essai lyrique sur la Religion. *Francf.* 1753,
in-12. *br.*

365 Les Actes Apostoliques, mis en vers par
Louis Chapat. *Berlin*, 1752, in-8. *br.*

366 Ververt, ou les Voyages du Perroquet de
Nevers, Poëme héroïque. *Amsterd.* 1735,
in-12.

367 L'origine des Puces, Poëme badin. *Lond.*
1761, in-16. *de 36 pag.*

368 La Déclamation théâtrale, Poëme didac-
tique, en trois chants, précédé d'un discours,
avec de très-jolies fig. en taille-douce, (par
M. Dorat.) *Par.* 1766, in-8.

369 Les Sens, Poëme en cinq parties, (par
M. Dorat.) *Gen. & Par. in-8. br.*

370 Recueil de Poésies de M. Dorat. — Zélis au
bain, Poëme en quatre chants. — Lettre d'Alcibiade à Glicere. 1764. — Lettre d'Ovide à
Julie. 1767. — Bagatelles anonymes. 1766,
avec de très-jolies fig. en taille-douce. *In-8.*

371 Mes Fantaisies, ou Mêlanges de Poésies,
(par M. Dorat.) *Paris*, 1768, in-8.

372 Recueil de portraits en Rondeaux, dans
lesquels on représente plusieurs abus superstitieux
& quantité de hardies innovations dans le
culte, &c 1723, in-8.

373 Cinq Livres des Equivoques, ou Recueil de
Chansons du Sieur de Chancy, avec les premiers
couplets notés. *Paris*, 1647, in-12.

374 Chansons joyeuses mises au jour par un ano-
nyme, onissime. *Lond. & Par. in-8. br.*

375 Les Chansons de Gautier Garguille, (par
Hugues Guerer, dit Flechelles,) suivant la

copie imprimée à Paris en 1731. *Lond.* 1758, *in-12. br.*

Poëtes Tragiques & Comiques , Français , &c.

376 Réflexions hiftoriques & critiques fur les différents Théâtres de l'Europe, par Louis Riccoboni. *Amfterd.* 1740 , *in-8. br.*

377 Tablettes dramatiques contenant l'abrégé de l'Hiftoire du Théâtre français , l'établiffement des Théâtres à Paris , &c. par M. le Chevalier de Mouhy. *Paris*, 1752 , *in-8. mar. rouge.*

378 Bibliotheque du Théâtre français , depuis fon origine jufqu'à préfent. *Drefde*, 1768 , *in-8. 3 vol. br.*

379 Hiftoire de l'Opéra Bouffon, contenant les Jugements de toutes les Pieces qui ont paru depuis fa naiffance jufqu'à ce jour. *Par.* 1768 , *in-12. 2 vol. br.*

380 Œuvres de M. Pufferat , contenant fon Théâtre & le bel Anglais , Nouvelle. *Bruxelles*, 1695 , *in-12.*

381 Le Cardinal de Lorraine , ou les Maffacres de la Saint Barthelemy , Tragédie en trois actes, par M. de F * * *. *Leipf.* 1756 , *in-8. br.*

382 Les Chef-d'œuvres de Deftouches ; le Glorieux , le Philofophe marié. *Paris*, 1760 , *in-12.*

383 Adam & Eve , Tragédie. *Amfterd.* (*Par.*) 1742 , *in-8.*

384 Le Saint déniché , Comédie. 1732 , *in-8.*

385 Amilka , ou Pierre le Grand , Tragédie, (par M. Dorat,) — Théagene , Tragédie en

cinq actes, par M. Dorat, avec de très-jolies fig en taille-douce. *Paris*, 1766-1767, *in-8*.

386 L'Expédition secrette, Comédie en deux actes, comme elle a été représentée sur le théâtre politique de l'Europe, (satyre contre l'Angleterre.) *Lond*. 1758, *in-8. br*.

387 Le Train du monde, Comédie en Prose, traduit de l'anglais, de Congreve, 1759, *in-12. br*.

388 Momus Fabuliste, ou les Noces de Vulcain, Comédie, par M. Fuzelier. *Par*. 1720, *in-12*.

389 Le Comte de Comminges, Drame, par M. Darnaud, avec de très-jolies fig. en taille-douce. *Paris*, 1768, *in-12. br*.

390 Les deux Biscuits, Tragédie, trad. de la langue que l'on parloit jadis au Royaume d'Astracan, par Vadé. 1759. — L'Impromptu des Harangeres, Opéra Comique. *Par*. 1754. — Madame Engueule, ou les Accords poissards, Comédie - parade. 1754. — Recueil de Chansons notées, de Vadé. — Agathe, ou la chaste Princesse, Tragédie, par M. Grandval pere. — La Mort de Bucéphale. 1749, &c. *in-8*.

MYTHOLOGIE,
FABLES, APOLOGUES.

391 Les Secrets de nature, ou la Pierre de touche des Poëtes, en forme de Dialogues, contenant presque tous les Préceptes de la Philosophie naturelle, extraite des Fables anciennes, par P. Morestel. *Rouen*, 1607, *in-12*.

392 Fables d'Esope, avec des explications, par

Raphaël Trichet Dufresne, avec les fig. de Sadeler. *Paris*, 1689, *in-8.*

393 Les Fables de Faerne, trad. en français (par M. Perrault.) *Paris*, 1699, *in-12.*

394 Fables diverses de Léon. Bapt. Alberti, en italien & en français, par Louis Pompe. *Paris*, 1693, *in-12.*

395 Apologues orientaux, (par M. de Sauvigny.) *Paris*, 1764, *in-12.*

POÉSIE PROSAÏQUE.

Facéties, Plaisanteries, Histoires comiques & récréatives, &c. Contes & Nouvelles, en prose & en vers.

396 L. Domitii Brusonii Facetiarum Exemplorumque Libri septem, editi à Conrado Lycosthene. *Lugduni*, Ant. Vincentius, 1560, *in-8.*

397 Œuvres de Maître François Rabelais, publiées avec des notes, par M. le Duchat. *Amsterd.* 1711, *in 8.* 5 *vol.*

398 Recueil général des Œuvres & Fantaisies de Tabarin. *Paris*, 1623, *in-12.*

399 Le Roman comique de Scarron, jouxte la copie imprimée à Paris. (*Hollande*,) 1662, 2 *tom en* 1 *vol. pet. in-12.*

400 L'Homme dans la Lune, ou le Voyage chimérique fait au monde de la Lune, nouv. découvert par Dominique Gonzales, Aventurier espagnol. *Paris*, 1666, *in-12.*

401 Les Heures perdues d'un Cavalier français, dans lequel les esprits mélancoliques trouve-

ront des remedes propres pour diffiper cette fâcheufe humeur. *Paris*, 1662, *in-12. m. r.*

402 La nouvelle Fabrique des excellents traits de vérité, Livre pour inciter les rêveurs triftes & mélancoliques, à vivre de plaifir, par Philippe d'Alcripe, Sieur de Neri en Verbos. *In-12.*

403 Les Aventures de M. d'Affoucy (Charles Coypeau.) *Paris*, 1677, *in-12.* 2 *vol.*

404 La Prifon de M. d'Affoucy. *Paris*, 1674, *in-12.*

405 Les Intrigues de Moliere & celles de fa femme Grappinian. *In-12.*

406 Arlequin, Comédien aux Champs élifées, Nouvelle hiftorique, allégorique & comique, avec fig. *Amfterd.* 1694, *pet. in-12. br.*

407 Poiffon, Comédien aux Champs élifées, Nouvelle hiftorique, allégorique & comique, où l'on voit les plus célebres Orateurs repréfenter une Comédie intitulée : *La Comédie fans femme*, par M. D. C. *Par.* 1712, *in-12.*

408 Les Libertins en campagne, contenant onze Hiftoires très-amufantes, tirées des Mémoires du Pere de la Joye, ancien Aumônier de la Reine d'Yvetot, & imprimé en 1710. *In-12.*

409 Mémoires de l'Académie des Sciences, Infcriptions & Belles-Lettres, &c. nouvellement établie à Troyes en Champagne, (par M. Grofley.) *Par.* 1756, *in-12.* 2 *part. en* 1 *vol.*

410 Le Rafibus, ou le Procès fait à la barbe des Capucins, Piece fatyrique. *Colog.* 1680, *pet. in-12.*

411 . . . .
. . . .
. . . .
. . . . . .

30.12 412 Recueil de Contes compofés par Madame la
Ducheffe du Maine ; — favoir, l'Epoufe Héroïne. — Le Prince indifférent. — La Reine
Amazone. — La Mauvaife Marchandife a fon
cours. — Peine perdue. — L'Heureux endor-
mi. — La Vertu récompenfée. *In-4. manufc.
maroq. roug.*

1. 413 De tout un peu, ou les Amufements de la
Campagne. — Recueil de Contes & Fables.
Paris, 1766, *in-12.*

1. 4. 414 Hiftoire nouvelle dédiée au génie du fiecle,
avec la Relation d'une Ifle que perfonne n'a jamais vue & ne verra jamais. *A Rifpa*, chez
Babiole Colifichet, 1746, *in-12.*

1. 4 415 La Tour ténébreufe & les jours lumineux,
Contes anglais, accompagnés d'hiftoriettes, &
tirés d'une ancienne chronique, compofée par
Richard, furnommé Cœur de Lyon, Roi d'Angleterre, (par Mademoifelle l'Héritier. *Paris,*
1705, *in-12.*

1. 416 Contes Perfans, par Inatula de Delhi, trad.
de l'anglais. *Amft. & Paris*, 1769, *in-12.*
2 vol. br.

1. 4. 417 Les nouveaux Contes des Fées, par Mme.
de M***. (Muralt.) *Paris*, 1724, *in-12.*

418 Hiftoire de la Princeffe Eftime, Conte de
Fées. *Paris*, 1709, *in-12.*

2. 419 Le Miroir, ou l'Hiftoire de Griguenodine,
Conte de Fées. *Venife*, *in-12.* 2 tom. en 2 vol.

420 L'Amant oisif, contenant cinquante nouvelles espagnoles, (par le sieur de Garouville.)
Paris, 1671, *in-12. 3 vol.*

Romans d'Amour, Moraux, Comiques, &c.

421 Entretiens sur les Romans, ouvrage moral
& critique, par M. l'Abbé J***. (Joannet.)
Paris, 1755, *in-12. br.*

422 Ovidius Redivivus velamine moralitatis in-
dutus, sive Commentatio Philosophica de Arte
amandi. 1755, *in-12. br.*

423 L'Art d'aimer d'Ovide, ou la meilleure maniere d'aimer d'Ovide. *Colog.* 1696, *in-12.*

424 Morale galante, ou l'Art de bien aimer, composée tant en prose qu'en vers, (par M. le Bou-
langer.) *Paris*, 1669, *in-12.*

425 Les Amours de Daphnis & Chloé, trad. du
grec de Longus, par Amyot.) *Paris*, 1718,
in-8. fig.

426 Les Amours de Clitophon & de Leucippe,
trad. du grec d'Achilles Tatius, avec des notes, par M. du Perron de Castera. *Paris*, 1734.
in-12.

427 Les Bergeries de Julliete, auquel par les
amours des Bergers & Bergeres, l'on void les
effets différents de l'Amour, avec cinq histoires comiques, racontées en cinq journées, par
cinq Bergeres & plusieurs Echos; Enigmes,
Chansons, &c. inventées par Ollenix du Mont
sacré, (Nicolas Montreulx.) *Paris*, 1587,
in-12.

428 Les Disgraces des Amants, historiette ga-

lante, par le Chevalier de M..... *La Haye*, 1725, *in-12.*

2.8 429 Les Gafcons en Hollande, ou Aventures fingulieres de plufieurs Gafcons. 1763, *in-8.* 2 *vol. br.*

3. 430 Amufements des Dames, ou Recueil d'hiftoires galantes des meilleurs Auteurs de ce fiecle. *La Haye*, 1740, *petit. in-12.* 4 *vol.*

1.18 431 La Belle Allemande, ou les Galanteries de Thérefe. — Les Intrigues galantes & hiftoriques du Serrail, fous le regne de l'Empereur Sélim. *Paris*, 1762, *in-12.*

1. 432 Le Philofophe amoureux, ou Aventures du Chevalier de K***. *La Haye*, 1745, *in-12.* 2 *part. en* 1 *vol.*

1.6 433 Les Aventures de Télémaque, fils d'Ulyffe, compofées par François de Salignac de la Motte Fénelon. *Rotterdam, Hofhout*, 1717, *in-12.*

434 Critique générale des Aventures de Télémaque, (par M. de Gueudeville.) *Colog.* 1700, *pet. in-12.*

3.13 435 La Télémacomanie, ou la Cenfure du Roman intitulé : les Aventures de Télémaque, (par l'Abbé Faydit.) *A Eleuterople*, (*Paris*,) 1700, *in-12.*

Romans Critiques & Allégoriques.

3. 436 Roman de la Philofophie intitulé : la Philofophie des Héros, compofé en profe & en vers, *petit in-12.*

437 Recueil de plufieurs Hiftoires fecrettes & Aventures galantes du temps, par MM ***. *La Haye*, 1746 *in-12.*

438

438 L'Hiſtoire des Amours tragiques de ce temps, par le ſieur de Laffemas, de Beau ſemblanr. *Paris*, 1607, *in-12.*

439 Aleċtor, fils du Macrobe Franc-Gal, & de la Royne Priſcaraxe., Hiſtoire fabuleuſe, trad. en français, (par Bartolemy Aneau.) *Lyon*, Fradin, 1560, *in-12.*

440 Le Temple de Gnide, (Roman attribué à M. de Monteſquieux.) *Londres,* (*Paris,*) *in-8,* fig.

441 Melchu-Kina, ou Récréations hiſtoriques & anecdotiques. *Amſterd.* (*Rouen,*) 1736, *in-12.*

442 Les Faveurs & les Diſgraces de l'Amour, ou les Amants heureux, trompés & malheureux, avec deux nouveaux Contes, en vers; le Roſſignol & la Matrône d'Epheſe, & des fig. en taille-douce, ſuivant la copie imprimée chez Barbin, en 1696. *In-12.*

443 Hiſtoire du Marquis de Clemes & du Chevalier de Pervanes, par M. de Sacy, avec les Caprices du Deſtin, ou Recueil d'Hiſtoires ſingulieres & amuſantes, par Mlle. Lh * * * (Lheritier.) *Amſterd.* 1719, *in-12.*

444 Voyage merveilleux du Prince Fan-Férédin, dans la Romancie, contenant pluſieurs obſervations hiſtoriques, géographiques, &c. (par le P. Bougeant.) *Paris*, 1738, *in-12.*

445 Le Paſſe-par-tout galant, ou Recueil contenant vingt & une Aventures ſingulieres & amuſantes, par M * * *. *Conſtantinople*, 1721, *in-12.*

446 Mémoires du Chevalier de * * *, (par M. le

Marquis d'Argens.) *In-12. manque le frontif-pice.*

447 Cléon, ou le parfait Confident, Roman allé-gorique. *Lyon*, 1680, *pet. in-12.*

448 Mémoires du Chevalier Hafard, trad. de l'anglais. *Colog.* 1703, *pet. in-12.*

449 Le Triomphe de la Raifon, ou les Aven-tures de Chrifophile, par M. Maulnourry de la Baftille. *Par.* 1715, *in-12.*

Romans Hiftoriques, particuliers à la France & à d'autres Pays.

450 Hiftoire fecrette des Intrigues de la France, en divers Cours de l'Europe. *Lond.* 1713, *in-8. 2 tom. en 1 vol.*

451 Mémoires hiftoriques & fecrets, concernant les amours des Rois de France. *Paris*, 1739, *pet. in-12.*

452 Hiftoire des Favorites, contenant ce qui s'eft paffé de plus remarquable fous plufieurs Regnes, par Mme. de la Roche-Guilhen. *Amft.* 1703, *2 tom. en 1 vol. in-12. fig.*

453 La Princeffe de Cleves, Roman hiftorique, [par François VI, Duc de la Rochefoucault & autres.] *Paris*, 1689, *in-12. 2 vol. mar. bl.*

454 Hiftoire fecrette du Connétable de Bourbon, [par Baudot de Juilly.] *Paris*, 1706, *in-12. mar. rouge.*

455 Le Prince de Longueville & Anne de Bre-tagne, Nouvelle hiftorique, [par M. Lefcon-vel.] *Paris*, 1698. — Ildelgerte, Reine de Norwège, ou l'Amour magnanime, Nouvelle

hiſtorique. *Liege,* 1695.— L'Héroïne traveſtie, ou Mémoires de la Vie de Mlle. Delfoſſes, ou le Chevalier Balthazar. *Paris,* 1695. — Milord * * *, ou le Payſan de qualité, Nouvelle galante, par M. * * *. *La Haye,* 1702, *pet. in-*12.

456. Diane de France, Nouvelle hiſtorique, [par M. de Vaumoriere.] *Amſt.* 1675, *in-*12.

457 Les derniers Efforts de l'Innocence affligée, diviſés en deux entretiens familiers, contenant pluſieurs Anecdotes curieuſes des Regnes de de Henri II, Henri III & Henri IV. *La Haye,* 1682, *pet. in-*12.

458 La Princeſſe de Montpenſier, Nouvelle hiſtorique, [par Madame la Comteſſe de la Fayette & Jean Renaud de Sigrais.] *In-*12.

459 L'Inceſte innocent, Hiſtoire véritable, [par Desfontaines.] *Paris,* 1639. — Les Amantes infidelles, trompées, [par de Morais.] *Paris,* 1638, *in-*8.

660 La France galante, ou Hiſtoires amoureuſes de la Cour ſous Louis XIV. *Colog.* 1695, *pet. in-*12. 2 *tom. en* 1 *vol. fig.*

461 Hiſtoires Françaiſes, galantes & comiques arrivées ſous Louis XIV. *Amſterd.* 1710, *in-*12. *fig.*

462 . . . .

463 Les Galanteries de M * * * & de la Comteſſe du R * * *. *Cologne,* 1696, *in-*12.

464 Hiſtoire des Amours du Maréchal de Luxembourg. *Cologne,* 1695, *petit in-*12.

465 Les Confeſſions d'un Fat, par M. le Che-

valier de la B***, imprimées en 1749,
in-12 2 part. en 1 vol.

466 Les Lutins du château de Kernofy, Nouvelle
historique de Mme. la Comtesse de Murat.
Lyde, 1753, petit in-12 2 part. en 1 vol.

467 L'Esprit familier de Trianon, ou l'Apparition de la Duchesse de Fontange, contenant
les secrets de ses amours, &c. *Paris, 1695,
petit in-12.*

468 La Chasse au Loup de Mgr. le Dauphin,
ou la rencontre du Rouvre dans les plaines
d'Anet. *Cologne, 1695, petit in-12. br.*

469 Mémoires de la Marquise de Fresne, (par
Gatien de Courtilz,) avec figures. *Amsterdam,
(Rouen,) in-12 2 tomes en un vol.*

470 L'Héroïne Mousquetaire, (par M. Prechac.)
Amsterd. 1677, petit in-12.

471 La Promenade de Versailles, ou Entretiens
de six Coquettes qui se content leurs aventures. *La Haye, 1739, in-12.*

472 Histoire de la Comtesse de Strasbourg & de
sa Fille, (par Gatien de Courtilz.) *La Haye,
1716, in-12.*

473 L'Heureux Page, Nouvelle galante & historique, arrivée en Allemagne. *Cologne, 1687,
petit in-12.*

474 Les Amours de Charles de Gonzague, Duc
de Mantoue, & de Marguerite, Comtesse de
Rovere, écrites en italien, par le Sieur Giulio-
Capocoda, & trad. en français. *1666, petit
in-12.*

475 Intrigues galantes, espagnoles, italiennes,
& françaises. *La Haye, 1739, in-12. br.*

476 Mémoires de la Cour d'Espagne, par Mme.
la Comteffe d'Aunoy. *La Haye*, 1695, 2
tomes en 1 *vol. petit in-12.*

477 Dom-Juan d'Autriche, fils de Charles-
Quint, Nouv. hiftorique, par le Sieur ***.
Paris, 1678, *in-12.*

478 Hiftoire fecrette de la Ducheffe de Ports-
Mouth, contenant une relation des intrigues de
la Cour, du Roi Charles XI, durant le Miniftere
de cette Ducheffe, &c. 1690, *petit in-12.*

479 Anecdotes fecrettes & galantes de la Cour
d'Angleterre. *Amfterd.* 1727, *petit in-12.* 2
tomes en 1 *vol.*

480 Solimam, ou les Aventures de Machmet,
hiftoire turque. *Amfterdam*, 1750, *in-12.*
3 *parties en* 2 *vol.*

PHILOLOGIE,

CRITIQUE.

Traités généraux de Critique.

481 Alexandri ab Alexandro genialium dierum
Libri fex. *Parifiis*, 1549, *in-8.*

482 Macrobii Ambrofii Aurelii Theodofii in
fomnium Scipionis Libri duo. — Saturnaliorum
Libri feptem. *Lugd.* Gryphius, 1550, *in-8.*

483 Réflexions fur la Critique, par M. de la
Motte. — Difcours fur le différent mérite des
Ouvrages d'efprit, — & autres Pieces du même
Auteur. *Paris*, 1716, *in-8.*

484 Effais hiftoriques & philofophiques fur le
goût, (par M. Cartau de la Vilate.) *La Haye,*
1737 *in-12.*

485 Essai sur la Critique , Poëme trad. de l'anglais de M. Pope, avec un discours & des remarques , (par M. l'Abbé du Resnel.) *Paris*, 1730, *in-8.*

8.19 486 Traité de l'Opinion , ou Mémoires pour servir à l'Histoire du genre-humain , par M. Gilbert Charles Legendre. *Paris*, 1733, *in-12.* 5 *tomes en* 10 *vol.*

1.10 487 Les Sottises du temps , ou Mémoires pour servir à l'Histoire générale & particuliere du genre-humain , Ouvrage périodique & critique, moral & badin. *La Haye*, 1754, *in-8.* 2 *part.* *en* 1 *vol.*

2 488 Apologie pour tous les grands hommes qui ont été soupçonnés de Magie , par Gabriel Naudé. *Paris*, 1669, *in-12.*

Traités singuliers de Critique , Satyre , Invectives , &c.

6.4 489 Pétrone latin & français , traduct. entiere , suivant le manuscrit trouvé à Belgrade en 1688, donné par M. Nodot. *Amsterd.* 1756 , *in-12.* 2 *vol.*

2.13 490 Poëme de Pétrone sur la Guerre civile entre César & Pompée ; & deux Epîtres d'Ovide : le tout trad. en vers français , avec des remarques & des conjectures sur le Poëme intitulé : *Pervigilium Veneris*, par le P. Bouhier. *Amst.* 1737, *in-4.*

1.10 491 De Miseriâ Poetarum græcorum & latinorum Libri tres, à Josepho Barberio editi. *Neap.* 1686 , *in-12. br.*

492 Lettre d'un Abbé, (M. du Cerceau ,) à un Académicien , fur le Difcours de M. de Fontenelle , au fujet de la queftion de la Prééminence entre les Anciens & les Modernes. *Rouen,* 1703 , *in-12.*

493 Réflexions d'un Francifcain, avec une Lettre préliminaire, adreffées à M * * * , Auteur en partie du Dictionnaire Encyclopédique , (par le P. Hébert , Jéfuite.) 1752 , *in-12. br.*

494 Le Philofophe invifible, ou le Génie nouvellifte , critique & galant. *Utrecht ,* 1741 , *in-8. br.*

495 Hiftoire abrégée des Ouvrages latins , italiens & français , pour & contre la Comédie & l'Opéra. *Paris ,* 1697 , *in-12.*

496 Le Satyrique berné , en profe & en vers , fur l'imprimé de Paris, en 1648. *In-8. br.*

497 Lettres critiques de Hagdi Mehemmed Efendy , à Mme. la Marquife de G * * * , au fujet des Mémoires de M. le Chevalier d'Arvieux , trad. du turc en français , par Hamed Frengui. *Par.* 1735 , *in-12.*

Differtations fingulieres , philologiques , allégoriques , enjouées , &c.

498 Les huit Philofophes Aventuriers de ce fiecle , ou Rencontre imprévue de MM. Voltaire , d'Argens , Maupertuis , &c. dans l'Auberge de Mme. Tripaudiere , Comédie. *La Haye ,* 1752 , *in-12. br.*

499 Le Renard , ou le Procès des Bêtes , traduct. enrichie de fig. en taille-douce. *Bruxelles ,* 1739 , *in-8.*

500 Les Chats, (par M. de Montcrif.) *Paris,* 1727, *in-8. fig. de M. le Comte de Caylus.* — Le Miaou, ou Harangue miaulée par le Seigneur Rominagrobis, le 29 Décembre 1733, jour de sa réception à l'Académie Française, (par M. l'Abbé Desfontaines.) 1734, *in-8.*

501 Le * * * *, Histoire bavarde, contenant XII Chapitres : savoir, les grands Mots ; Au fait ; Enigme ; Lorgnette impayable, &c. —Le Siamois en Europe, ou trente-six Lettres critiques & galantes. *In-12.*

502 Eloge de l'Ane, Ouvrage badin. (*Paris,*) 1769, *pet. in-12. br.*

503 Les Entretiens des Cafés de Paris, au nombre de dix-neuf, & les différends qui y surviennent, par M. le C. de M * * *. *Trévoux,* 1702, *in-12.*

504 Confession générale du Chevalier Wilfort, Comédien. *Leyps.* 1758, *in-12.*

505 L'Art de péter, Essai théori-physique, & méthodique. *En Westphalie,* chez Florent-Q . . . . 1751, *in-12.*

506 Les Louanges de la Folie, Traité fort plaisant, en forme de paradoxe, trad. d'italien en français, par Messire Jehan du Thier. *Paris,* 1566, *in-8.*

507 Les Solitaires en belle humeur, Entretiens sérieux & amusants, recueillis des papiers de M. le Marquis de M * * *, avec de jolies figures en taille-douce. *Paris,* 1722 *in-12.* 2 *vol.*

508 Amusement philosophique, très-sérieux-comique-historique-politique-critique-satyrique,

mis

mis au jour , par M. Gueudeville, en deux parties. — Le Goutteux en belle humeur , composé par Etienne Goulet. — Le Fébricitant Philosophe, trad. du lat. de Guill. Menape. *La Haye*, 1743, *in-12.*

509 Les Tours industrieux , subtils, & gaillards de la Maltôte , Nouvelle galante. *Paris*, 1708, *petit in-12. br.*

510 Les Partisans démasqués, Nouvelle plus que galante. *Cologne*, 1710, *in 12.*

511 L'Art de plumer la poule sans crier. *Cologne*, (*Rouen*,) 1710, *in-12.*

512 Les Songes du Chevalier de la Marmotte. *Au Palais de Morphée*, 1745, *petit in-12. broc.*

513 Recueil de Vers satyriques, parmi lesquels se trouve la métamorphose de Gomor en marmite. *In-8.*

514 La Contre-Lésine , ou plutôt discours , constitutions & louanges de la libéralité , remplis de moralité & de doctrine, augmenté d'une Comédie intitulée *Antilésine*, trad. de l'italien. *Paris*, 1618 *petit in-12.*

515 Le Mariage de la musique avec la danse, contenant la réponse au Livre des treize prétendus Académistes , touchant ces deux Arts , (par Guill. du Manoir.) *Paris*, 1664, *in-12.*

516 Vingt-quatre Aventures secrettes & amusantes, dont le Trésor de la Salpétriere , les Joueuses condamnées en l'amende , l'Appartement à louer, &c. par M. de G *** *Paris*, 1697, *in-12.*

517 Les Yeux, le Nez, &c. Ouvrage curieux & galant, en vers & en profe, compofé pour une Dame de qualité, par J. P. N. *Amfterd.* 1735, *in-8. br.*

518 Cras credo, hodie nihil, five Modus tandem fit Ineptiarum, Satyra Mœnippea, Epiftola quâ agitur, an & qualis Viro litterato fit ducenda uxor, &c. *In-16. m. r.*

519 La Généalogie d'Amour, divifée en deux livres, par Jean de Veyries, Médecin. *Paris,* 1610, *in-8. m. r.*

520 Hiftoriettes galantes, tant en profe qu'en vers, au nombre de vingt-neuf, dont la Maladie de l'Amour, l'Excocu, le Mafque démon, &c. *La Haye,* 1730, *in-12.*

521 Les Privileges du Cocuage, Ouvrage néceffaire, tant aux Cocus actuels qu'aux Cocus en herbe; Dialogue entre un Cocu & un Jaloux. *In-12.*

522 L'Antidote d'Amour, avec un ample Difcours contenant la nature & les caufes d'icelui, enfemble les remedes les plus finguliers pour préferver & guérir des paffions amoureufes, par Jean Aubery. *Delft,* 1663, *pet. in-12.*

523 L'Amour à la mode, Satyre hiftorique, par M. de P. *Amft.* 1695, *in-12.*

524 Les Maris à la mode, ou Converfations nouvelles & galantes. *Paris,* 1710, *petit in-12.*

525 L'Ecole des Maris jaloux, ou les Fureurs de l'Amour jaloux. *Neuchatel,* 1698, *petit in-12. fig.*

526 Les Portraits des Filles du siecle, Dialogue 1. 3
satyrique. *Paris*, 1695, *in-12*.

527 Le Démon marié, ou le malheur de ceux
qui épousent de méchantes Femmes, avec
leurs caracteres vicieux, Nouvelle tirée de
Machiavel. *La Haye*, 1748. — Mitra, ou
la Démone mariée, Nouvelle hébraïque &
morale, (par Mlle. Catherine Charl. Patin.)
In-12.

528 Coup-d'œil anglais sur les Cérémonies du 1. 12
Mariage, avec des Notes & des Observations
historiques & critiques pour & contre les
Dames ; auxquelles on a joint les Aventures
de M. Harry & de ses sept femmes, traduit
de l'anglais par MM***. *Geneve*, 1750,
in-12.

529 Les Entretiens curieux de Tartuffe & de 1. 5
Rabelais sur les Femmes, par le Sieur de la
Daillhiere. *Middelbourg*, 1688, *pet. in-12*.

530 Mulieres, non homines, ou la Femme dés- 3.
humanisée, trad. du latin, par P. Lorrain, en
1678, *in-8. Manuscrit original du Traduc-
teur.*

531 Satyre sur les Femmes bourgeoises qui se 2. 16
font appeller Madame, par le Chevalier D***.
La Haye, 1713, *in-8. avec fig.*

232 Apologie des Femmes contre les calomnies 1.
des Hommes, où l'on montre la nécessité du
mariage, son excellence, &c. (par Jacques
Chauffée, Sieur de la Terriere.) *Amsterdam*,
1713, *petit in-12. broc.*

534 Bapt. Fulgofii Factorum, Dictorumque memorabilium Libri 1x, à P. Justo Gaillardo Campano aucti & restituti : præfixa est ejusdem Gaillardi de utilitate & ordine Historiarum præfatio, &c. *Parisiis*, 1578, *in-8. vélin.*

GNOMIQUES,

ou Sentences, Proverbes & bons Mots qui ont paru sous des titres en ana.

533 Apologie pour l'ordre des Francs-Maçons, par M. N*** avec deux chansons. *La Haye*, 1742, *in-8.* avec quelques autres Pieces détachées.

535 Bibliotheque, contenant un amas curieux de Sentences de Morale, rangées par ordre alphabétique, par Claude du Bruillard Courfan. *La Haye*, 1702, *in-12. broc.*

536 La Oille-mélange, ou Assemblage de divers mets pour tous les goûts, ou choix de Sentences morales & politiques, au nombre de cent. *Constantinople*, 1755, *pet. in-12. br.*

537 Proverbes en rime, ou Rimes en proverbes, Ouvrage utile & divertissant par M. le Duc. *Paris*, 1665, *in-12. 2 vol.*

538 Les Malades en belle humeur, ou Recueil de bons Mots, Dialogues, Epigrammes & Lettres divertissantes, écrites de Chaudray. *Par.* 1697, *in-12.*

539 Anecdotes françaises, depuis l'établissement de la Monarchie jusqu'au Regne de Louis XV. *Paris*, 1767, *in-8.*

540 Le Livre à la mode, ou Mêlange hiſtorique, 2 4.
critique & amuſant, en proſe & en vers. *In-4.*
oblong manuſc. 2 vol.

(Ce Recueil contient des anecdotes très-curieuſes, qui)
n'ont point été imprimées.)

541 Amuſements plaiſants & récréatifs, ou Re- 3.
cueil de ſaillies fines & piquantes. *Colog.* 1726,
in-16.

542 Le Sublime des Auteurs, ou Recueil de
Penſées choiſies , rédigées par ordre alphabétique. *Paris,* 1705, *in-12.*   1. 5

543 L'Eſprit de M. Lamotte le Vayer. (*En
France,*) 1763, *in-12. br.*

544 Le Génie de Monteſquieux. *Amſt.* (*Paris,*)
Vincent , 1758 , *in-12.*   1. 10

545 Penſées de M. l'Abbé Prevoſt , précédées
d'un abrégé de ſa vie. *Par.* 1764 , *in-12.*

546 Eſprit, Maximes & Principes de Jean-
Jacques Rouſſeau. *Neuchat.* 1764 , *in-12. br.* 5

547 Menagiana , ou bons Mots , Rencontres
agréables , Penſées judicieuſes, &c. de M.
Menage. *Amſterd.* 1713 , *pet. in-12.* 4 vol.

548 Poggiana, ou la Vie , le Caractere , les 2. 9
Sentences & les bons Mots de Pogge, Florentin ,
avec ſon Hiſtoire de la République de Florence.
Amſterd. 1720 , *in-12.* 2 tom. *en 1 vol.*

549 Longueruana , ou Recueil de Penſées, de 1.
Diſcours & de Converſations de M. Louis
Dufour de Longuerue, Abbé de Sept-Fon-
taines. *Berlin,* 1754, *in-12.* 2 tom. *en 1 vol.*

550 Saint-Evremoniana , ou Recüeil de diverſes
Pieces curieuſes de M. Saint-Evremont. *Amſt.*
1701, *in-8.*

551 Arlequiniana, ou les Bons-Mots, les Hiftoires plaifantes & agréables . recueillies des
converfations d'Arlequin, (Dominique Bian-
collelli,) fuivant la copie de Paris. 1735,
pet. *in-12. br.*

552 Poliffoniana, ou Recueil de Turlupinades,
Quolibets, Rébus, &c. avec les Equivoques
de l'homme inconnu, & la Lifte des plus rares
curiofités. *Amfterd.* 1725. — Lettres d'amour
d'une Religieufe Portugaife, écrite au Chevalier C * * *, Officier Français, en Portugal,
avec les réponfes de ce Chevalier. *In-12.*

553 Elite des Bons-Mots & des Penfées choifies,
recueillies avec foin des plus célebres Auteurs,
& principalement des Livres en *ana. Amfterd.*
(*Rouen* ,) 1725, *in-12. 2 vol.*

Polygraphie, ou Recueil fur différents Sujets.

554 Divers Traités d'Hiftoire, de Morale &
d'Eloquence, au nombre de fix ; favoir, Vie
de Malherbe. — L'Orateur. — De la maniere
de vivre avec honneur, &c. recueillis par (de
Mézeray.) *Paris,* 1672, *in-12.*

555 Œuvres diverfes de M. l'Abbé Gédoyn.
Paris, 1745. *in-12.*

556 Mélanges de Littérature orientale, trad. de
différents manufc. turcs, par M. Cardonne.
Paris, 1760, *in-12. 2 vol. br.*

557 Les Œuvres de M. de Voiture, contenant
fes Lettres & Poéfies, publiées par E. Martin
de Pinchefne. *Paris,* 1729, *in-12. 2 vol.*

558 Bibliotheque volante, ou Elite de Pieces

fugitives, en profe & en vers, (par Pierre Bayle.) *Colog.* 1701, *in-12.*

559 Recueil de différentes Piéces de Littérature, par M. L. P. D. G. dont plufieurs ont été nouvellement recouvrées par le fieur B***, fon Secrétaire. — Timandre inftruit par fon Génie. — Songe d'Alcibiade. *Amfterd.* 1758, *in-8.*

560 Mélanges de Poéfie & de profe : Horace vengé. — Choix d'Epigraphes. — Defpréaux vengé. — Critique de Candide. — Catalogue des Chanoines célebres dans la République des Lettres. *In-12. br.*

561 Pieces échappées du feu , ou Mélanges curieux & amufants , en profe & en vers, (par M. de Saint-Hyacinthe.) *A Plaifance*, 1717, *in-12.*

Dialogues & Entretiens fur différents Sujets.

562 Georgii Pictorii, Villingani, Medici, fermonum convivalium apprimè utilium, Lib. x, deque ebrietate lufùs quidam, item de fublunarium dœmonum ortu, naturâ, illufionibus, &c. *Bafil.* 1709, *in-12.*

563 La Maniere de bien penfer dans les Ouvrages d'efprit, Dialogues compofés (par le R. P. Dominique Bouhours.) *Paris*, 1687, *in-4.*

564 Sentiments de Cléante fur les Entretiens d'Arifte & d'Eugene, par M. Barbier d'Aucour. *Paris*, 1730, *in-12.*

565 Sentiments de Cléarque fur les Dialogues d'Euxode & de Philante, du Pere Bouhours,

& fur les Lettres à une Dame de Province.
Paris, 1689, *in-12.*

1. 10 566 La Nuit & le Moment, ou les Matinées de Cythere, Dialogue. *Lond.* 1758, *pet. in-12. br.*

1. 4 567 Les Philofophes à l'encan, Dialogues récréatifs. *Paris*, 1690, *in-12.*

568 Dialogues des Morts, d'un tour nouveau, pour l'inftruction des vivants, fur plufieurs matieres importantes. *La Haye*, 1709, *in-12.*

2. 2 569 Nouveaux Entretiens des jeux d'efprit & de mémoire, ou Converfation plaifante avec des perfonnes les plus diftinguées de l'Etat par leur génie & leur rang, par M. le Marquis de Chartres. *Lyon*, 1709, *in-12.*

1. 10 570 La Rencontre de MM. Boileau & le Noble aux Champs Elifées, en quatre Dialogues, dont les deux premiers font imprimés, & les deux derniers manufcrits. 1711, *in-12.*

Epiftolaires.

1. 4 571 Trigenta-feptem illuftrium Virorum Epiftolæ : Angelus, Politianus, Callimachus, &c. fcriptæ anno 1484, ad annum 1494, cum præfatione Jodoci Badii Afcenfii, qui eas excudit anno 1499. *In-fol.*

1. 11 572 Commercii Epiftolaris Uffenbachiani Selecta, variis obfervationibus illuftravit, vitamque Conr. ab Uffenbach præmifit Jo. Ge. Schelhornius. *Ulmæ & Memingœ.* 1753, *in-12. 4 tomes en 2 vol.*

1. 573 Lettres nouvelles de M. Edme Bourfault, accompagnées de Fables & de Contes, &c. *Paris*, 1700, *in-12. 2 vol.*

574

574 Anecdotes, ou Lettres secrettes sur différents 1. 5
sujets de politique & de littérature, écrites pendant l'année *1735*, *in-12. 2 vol.*

575 Lettres Persanes, (par M. le Président de
Montesquieu. *Londres*, *1735*, *in-12. 2 tomes*
en 2 vol.   2. 10

576 Lettres de M. de la Beaumelle à M. de Voltaire. *Londres*, *1763*, *in-12.*

577 Lettres Saxones, histor. critiques & amu- 1. 4.
santes. *Berlin*, *1738*, *petit in-12. 2 tomes*,
en 2 vol.

HISTOIRE.

INTRODUCTION A L'ETUDE DE L'HISTOIRE,

Géographie, *Voyages*, *Chronologie*, *&c.*

578 Méthode pratique pour étudier l'Histoire 5. 10
Universelle & l'Histoire de France. *In-fol.* 2
vol. manuscrit.

579 Discours des vertus & des vices de l'His- 3.
toire, & de la maniere de la bien écrire ;
(Ouvrage contenant d'excellentes remarques,
dont quelques-unes font singulieres,) composé
par Marin le Roy. *Paris*, Toussaint du Bray,
1620. — De l'Autorité des Rois. — Discours
sur les vertus nécessaires à un Prince, pour
bien gouverner ses Sujets, par M. Faret. *Paris*,
ibid. 1632 , *in - 4.*

(Ces trois Traités ne font pas communs, particuliérement celui de M. le Roy, sur l'Histoire.)

K

580 Philippi Cluverii Introductio in univerf. Geographiam, tam veterem quàm novam tabulis geographicis X L V I, ac notis olim ornata à Joanne Bunone. *Londini*, **1711**, *in-4.*

581 Notitia Orbis antiqui, five Geographia plenior ab ortu rerum publicarum ad Conftantinorum tempora, collecta & novis tabulis geograph. illuftrata à Chriftoph. Cellario. *Lip.* **1731**, *in-4.* 2 *tom.* en **1** *vol.*

582 Relations de divers Voyages curieux qui n'ont point été publiés, ou qui ont été trad. de différents Voyageurs anglais, hollandais, portugais, &c. & données au public, par Melchifedech Thevenot, avec des cartes & des figures gravées en taille-douce. *Paris*, **1663-1672**, *in-fol.* **4** *vol.*

583 Voyages du Sieur Antoine de la Mortraye, en Europe, Afie & Afrique; Ouvrage enrichi d'un grand nombre de Cartes géographiq. plans & figures en taille-douce. *La Haye*, **1727**, *in-fol.* **3** *vol.*

584 Mémoires inftructifs pour un Voyageur dans les divers Etats de l'Europe. *Amfterd.* **1738**, *in-12.* 2 *vol.*

585 Voyages hiftoriques de l'Europe, par M. de B. F. *Amfterd*, **1718**, *petit in-12.* 8 *vol.*

586 Voyage du tour de la France, par M. Henri de Rouviere, commencé en **1703**, & publié par (l'Abbe de Vallemont.) *Paris*, **1713**, *in-12.*

587 Voyage pittorefque de Paris, par M. D***, (Dargenville.) *Paris*, **1749**, *in-12.*

588 Voyages très-curieux & très-renommés,

faits en Moscovie, Tartarie & Perse, par le Sieur Adam Olearius, & trad. de l'original allemand, par le Sieur de Wicquefort. *Amst.* 1727, *in-fol.* 2 *vol. fig.*

589 Voyages célebres & remarquables, faits de Perse aux Indes orientales, par le Sieur Jean-Albert de Mandeslo, & trad. de l'original allemand, par le Sieur de Wicquefort. *Amst.* 1727, *in-fol.* 2 *vol. fig.*

590 Tablettes chronologiq. de l'Histoire universelle, sacrée & prophane, ecclésiastique & civile, depuis la création du monde jusqu'à l'an 1743, par l'Abbé Lenglet Dufresnoy. *Paris*, 1744, *in-8.* 2 *vol.*

591 Histoire chronologique du dernier siecle, où l'on trouvera les dates de ce qui s'est fait de plus considérable dans les quatre parties du monde, depuis l'an 1600, jusqu'à présent. *Paris*, 1715, *in-12.*

592 Essai historique & chronologique, sur les principaux événements qui se sont passés depuis le commencement du monde jusqu'à nos jours ; par M. l'Abbé Berlié. *Lyon*, 1766, *in-8.*

HISTOIRE ECCLÉSIASTIQUE.

Histoire Catholique & Pontificale, &c.

593 Eclaircissements sur la Doctrine & sur l'Histoire ecclésiastique des deux premiers siecles, (par l'Abbé Pierre Faydit.) *Mastric.* 1695, *in-8.*

594 Nouv. Histoire du Concile de Constance,

où l'on fait voir combien la France a contribué à l'extinction du Schisme, par Bourgeois du Chastenet. *Paris*, 1718, *in-4.*

595 Le Népotisme de Rome, ou Relation des raisons qui portent les Papes à agrandir leurs neveux, trad. de l'italien de Grégoire Leti. (*Holl.*) 1669, *pet. in-12. 2 tom. en 1 vol.*

596 . . . .
. . . .

597 Histoire de Dona Olimpia Maldachini, Princesse Pamphile, trad de l'italien, de l'Abbé Gualdi. *Leyde*, 1666, *petit in-12.*

598 Rome pleurante, ou Dialogue entre le Tibre & Rome. *Avignon*, 1666, *petit in-12.*

599 La juste Balance des Cardinaux vivants, dans laquelle la principale partie de leurs actions, leur naissance, &c. sont représentées ; trad. de l'italien, imprimée à Rome en 1650. *Paris*, 1652, *in-12.*

600 Francisci Gurlimanni de Episcopis Argentinensibus Liber Commentarius. *Friburgi, Briscoiæ*, 1608, *in-4.*

601 Historia, sive Notitia Episcopatûs Daventriensis, ex Ecclesiarum membranis eruta à Joanne Lindebornio. *Coloniæ Agrippinæ*, 1670, *in-8.*

602 Remarques historiq. données à l'occasion de la Sainte Hostie miraculeuse, conservée pendant plus de 400 ans dans l'Eglise paroissiale, de Saint Jean en Greve, à Paris ; par le P. Théodoric de S. René, Carme des Billetes. *Paris*, 1725, *in-12. 2 vol. fig.*

HISTOIRE DES ORDRES MONASTIQUES.

HITOIRE SAINTE.

603 Origines Benedictinæ, sive illustrium Cenobiorum Ord. S. Benedicti, nigrorum Monachorum, per Italiam, Hispaniam, &c. Exordia ac Processus ab Auberto Miræo editi, *Coloniæ Agripp.* 1614, — Canonicorum Regularium Ordinis S. Augustini Origines ac Processus ab eodem Miræo. *Coloniæ,* 1614, *in-8.*

604 Recueil de Pieces touchant l'Histoire de la Compagnie de Jesus, composée par le Pere Jouvency, Jésuite ; & supprimée par Arrêt du Parlement de Paris, du 24 Mars 1713, avec la figure représentant la Pyramide élevée devant le Palais, &c. *Liege,* 1713, *in-12.*

605 Histoire de l'admirable Dom Inigo de Guipuscoa, Chevalier de la Vierge, fondateur de la Monarchie des Inigistes, par le Sieur Hercule Rasiel de Selva. *La Haye,* 1738, *in-8.* 2 vol.

606 Abrégé de l'Histoire Sainte, avec des preuves de la Religion, par demandes & par réponses. *Paris,* 1735, *in-12.*

607 Histoire abrégée des Martyrs français, du temps de la réformation. *Amsterd.* 1684, *petit in-12.*

HISTOIRE DES HÉRÉSIES ET DES HÉRÉTIQUES.

608 Histoire des Anabaptistes, contenant leur Doctrine, les diverses opinions qui les divisent en plusieurs sectes, (par le P. Catrou.) *Amst.* 1689, *in-12. fig.*

609 La Religion ancienne & moderne des Moscovites, avec figures en taille-douce. *Cologne,* 1698, *in-8. br.*

610 Histoire abrégée de la naissance & du progrès du Kouakérifme, avec celle de ses dogmes. *Cologne,* 1692, *petit in-8.*

HISTOIRE PROFANE DES MONARCHIES ANCIENNES.

611 Histoire de la Guerre des Juifs contre les Romains, écrite par Flavius Joseph, trad. par M. Arnaud d'Andilly, enrichie d'un grand nombre de figures en taille -douce, inventées par R. Van-Orley. *Bruxelles,* 1738, *in-8.* 2 *vol. br.*

612 Histoire des Juifs & des Peuples voisins, depuis la décadence des Royaumes d'Israël & de Juda, par M. Prideaux. *Amsterd.* 1722, *in-12.* 5 *vol. fig.*

913 Herodoti Halicarnassei Historiæ, & ejusdem Narratio de Vita Homeri, cum Laurentii Vallæ interpretatione latinâ, ex recognitione Henrici Stephani, qui eas excudit anno 1592. *In-fol.*

614 Thucydidis Olori filii de Bello Peloponesiaco Libri octo, cum interpretatione latinâ Laurentii

Vallæ , ex recenfione & cum Commentariis Henrici Stephani. *Francof.* Wechelus , 1594, *in-fol.*

615 Xenophontis omnia quæ extant Opera , græcè, cum interpretatione latinâ Henrici Stephani. *Parifiis ,* ibid. Steph. 1581-1586 , *in-fol.*

616 Lacédemone ancienne & nouvelle, où l'on voit les Mœurs & les Coutumes des Grécs modernes, avec le plan de la Ville , par le Sieur Scipion Guillet, Sieur de la Guilletiere. *Paris ,* 1689, *in-12.* 2 *vol.*

617 Polybii Hiftoriæ , à Nicolao Perotto Sipontino in lucem editæ. *Lugd.* Gryphius , 1554, *in-16.*

618 Ammiani Marcellini rerum geftarum qui de XXXI fuperfunt Libri XVIII , ex recenfione & cum notis Henrici Valefii. *Parifiis ,* 1681, *in-fol.*

HISTOIRE D'ITALIE.

619 Hiftoire des Guerres d'Italie , commençant à l'an 1490 , & finiffant à l'an 1554 , traduite de l'italien de François Guichardin , (par M. Favre.) *Lond.* (*Paris ,*) 1738, *in-4.* 3 *vol.*

620 Hiftoire d'Antoine Perrenot , Cardinal de Granvelle , Archevêque de Befançon , & Vice-roi de Naples. *Paris ,* 1761, *in-12. br.*

621 Hiftoire du Gouvernement de Venife, par le fieur Amelot de la Houffaye. *Paris ,* 1677, *in-8.*

622 Anecdotes de l'Abdication du Roi de Sardaigne, Victor Amédée II , où l'on trouve les vrais motifs qui ont engagé ce Prince à réfigner

la couronne en faveur de fon fils Charles Em-
manuel, par le Marq. de F***. *1733*, *in-8. br.*

HISTOIRE DE FRANCE.

*Hiftoire générale & particuliere , & Mélanges
de l'Hiftoire de France.*

623 La Mer des Chroniques & Miroir hiftorial
de France , depuis l'origine des Français , jufqu'au regne de François Premier, compofé en
latin par Frere Gaguin, & tranflaté de latin en
français par Pierre Defrey. Champenois. *Par.*
Jacques Nyver. *1530, in-fol. goth. fig.*

624 Hiftoire de France compofée en vers français , & finiffant à l'année *1722, in-4. manufc.*

625 Abrégé chronologique de l'Hift. de France ,
(par François-Eudes de Mézeray.) *Amfterd.*
(Paris,) 1755, *in-22. 14 vol. br.*

626 Obfervations critiques fur l'Hift. de France
écrite par Mézeray. *Paris ,* 1700, *in-12.*

627 Hift. de France depuis l'établiffement de
la Monarchie , jufqu'au regne de Louis XV.
Francfort, 1767, *in-8. 2 vol.*

628 L'Etat de l'Eglife dès le temps des Apôtres
jufqu'à l'an préfent, avec un Recueil des trou-
bles avenus en France , fous les Rois François II & Charles IX ; & un Traité de la Religion des Juifs, &c. par Jean Zimmerman. *Straf,*
bourg, 1567, *in-8. vélin.*

629 Les Paradoxes du Seigneur de Maleftroict ,
fur le fait des monnoies préfentées à Sa Majef-
té au mois de Mars 1566, avec la Réponfe de
Jean

Jean Bodin auxdits Paradoxes. *Paris*, **1578**, *in-12.*

630 Les Mœurs, Humeurs & Comportements de Henri de Valois repréſenté au vrai depuis ſa naiſſance. *Par.* **1589**. — La Vie & Faits notables 14. de Henri de Valois III du nom, tout au long ſans rien requérir, &c. *Paris*, 1589. — Les Choſes horribles, contenues en une Lettre envoyée à Henri III, par un enfant de Paris, le 28 Janvier 1589, *in-8.*

631 Le Cabinet du Roi de France (Henri III,) dans lequel il y a trois perles d'ineſtimable valeur, par le moyen deſquelles Sa Majeſté s'en va le premier Monarque du monde; imprimé en 1581, *in-8.*

(Ouvrage ſatyrique fort rare, attribué à Nicolas (Virolie) Fromenteau.)

632 Le Secret des Finances de France, décou-2. 10 vert & départi en trois Livres, par M. Fromenteau, imprimé *ſans indication de lieu* en 1581, *in-8.*

633 Recueil de pluſieurs Pieces ſervant à l'Hiſ-1. 5 toire moderne. *Cologne*, 1663. — Diſcours d'une Trahiſon contre Henri IV en 1604. — Négociation faite à Milan avec le Prince de Condé en 1609, &c. *in-12.*

634 La nouvelle Troye, ou mémorable Hiſtoi-1. 4. re du Siege d'Oſtende, avec des figures qui repréſentent les aſſauts, défenſes, inventions de guerre, &c. & un journal de ce qui s'eſt paſſé pendant ledit Siege, depuis le 5 Juin 1601, juſqu'au 20 Septembre 1604, recueilli par

L

Henry Haeftens. *Leyde*, Elzevier, 1616, *in-4. vélin*.

635 Adolphi Bracholii Hiftoriarum noftri temporis in annum 1654, continuata, cum articulis pacis inter Anglos & Batavos & iconibus illuftrium in navali prælio Virorum , in fine adjectus. *Amftelod.* 1655 , *in-12.*

636 Raifon qu'a eue le Roi Très-Chrétien de préférer le teftament de Charles II , au partage de la fucceffion d'Efpagne. 1701 , *pet. in-12. br.*

637 Hiftoire de la Vie de Meffire Philippe de Mornay, Seigneur du Pleffis-Marly , contenant ce qui s'eft paffé de plus remarquable fous Henri III , Henri IV, & Louis XIII , publiée par M. de Licques. *Leyde* , Elzevier , 1647 , *in-4.*

638 Le Courtifan Prédeftiné , ou l'Hiftoire du Duc de Joyeufe, Capucin; (par J. de Cailliers.) *Paris* , 1661 , *in-12.*

639 Le véritable Pere Jofeph Capucin , nommé au Cardinalat , contenant l'Hiftoire-anecdote du Cardinal de Richelieu , (par l'Abbé Richard ,) imprimé à *Saint Jean de Maurienne* , en 1704 , *in-12.*

640 Mémoires de Bourdeilles , Comte de Montréfor , contenant diverfes Pieces durant le Miniftere du Cardinal de Richelieu. *Cologne* , 1664 *in-12.* 2 *vol. maroq. roug. fil.*

641 Le Siege de Dole & fon heureufe délivrance en 1636, décrits par Jean Boivin. *Anvers*, 1638. — Relation de tout ce qui s'eft paffé au Siege & prife de Brême le 27 Mars 1638. *Anvers* 1636, *in-4.*

642 Le Siecle de Louis XIV , ou Lettres du

Vicomte de Bolingbroke, fervant de Supplément au Siecle de Louis XIV de Voltaire. 1753, *in-12.*

643 Mémoires contenant divers Evénements remarquables arrivés fous le regne de Louis le Grand, l'état où étoit la France lors de la mort de Louis XIII. *Colog.* 1684, *pet. in-12.*

644 Lettres du Cardinal de Mazarin, où l'on voit le fecret de la Négociation de la Paix des Pyrénées, & la Relation des Conférences qu'il a eues pour ce fujet avec D. Louis Haro, Miniftre d'Etat. *Amfterd.* 1745, *in-12. 2 vol.*

645 La Mufe hiftorique, ou Recueil de Lettres en vers, contenant les nouvelles du temps, écrites à S. A. Mademoifelle de Longueville, pendant les années 1650 & 1651, recueillies par le fieur Lorret. *Paris,* 1658, *in-fol.*

646 Vie de Jean Baptifte Colbert, Miniftre d'Etat fous Louis XIV. *Colog.* 1696, *pet. in-12.*

647 Les Entretiens familiers des animaux parlants, où font découverts les plus importants fecrets de l'Europe dans la conjoncture de ce temps, avec la clef à la fin. *Amfterdam,* 1672, *pet. in-12.*

648 Les Rifées de Pafquin, ou l'Hiftoire de ce qui s'eft paffé à Rome entre le Pape & la France, dans l'Ambaffade de M. de Créquy. *Colog.* 1674. — Entretiens curieux touchant les plus fecrettes affaires de plufieurs Cours de l'Europe, avec une clef des perfonnes qui y parlent. *Colog.* 1674, *pet. in-12.*

649 Le Juftin moderne, ou le Détail des affai-

res de ce temps. *Villefranche*, 1677, *pet. in-12.*

650 Nouvelles Prédictions sur la destinée des Etats & Empires du monde. — Les Desseins du Roi d'Angleterre. — Les Intrigues de la Cour de France. — La Naissance & l'Education du Prince de Galles. *Londres* 1688 , *petit in-12. br.*

651 Dialogues des Grands : Alexandre VIII & Louis XIV, Charles-Quint & François I, sur les affaires présentes. — Entretiens de Rabelais & de Nostradamus, de Scarron & de Moliere. *Cologne*, 1690, *pet. in-12.*

652 Le Salut de la France , dix Discours présentés à Mgr. le Dauphin. *Cologne* , 1690 , *petit in-12.*

653 Les Lamentations des Dames de S. Cyr, depuis la prise de Namur. *Cologne* , 1692, *petit in-12.*

654 La Fable du Rossignol & du Coucou, avec la Lettre de Maître Pasquin à Maître Jacquemar, 1692. — Midas, ou le Combat de Pan contre Apollon , sur la prise de Namur, par M. de L***. *Paris* , 1692. — Le Renard pris au trébuchet , Fable allégorique sur la prise de Steinkerke, (par M. Agnoste.) 1692 , *in-12.*

655 L'Ombre de Charles, Duc de Lorraine , consultée sur l'état présent des affaires. *Cologne*, 1963. — L'Ombre du Marquis de Louvois, consultée par Louis XIV, 1692. — Le Marquis de Louvois, examiné en jugement par l'Europe, en vers. *Cologne*, 1695. — Les

Héros de la France, fortant de la barque de
Caron, s'entretenants avec MM. de Louvois,
Colbert & Seignelai. *Cologne, 1693, avec
fig. petit in-12.*

656 L'Efprit de Luxembourg, ou Conférences
qu'il a eues avec Louis XIV, pour parvenir
à la paix. *Cologne, (Rouen,) 1694, pet.
in-12.*

657 Politique nouvelle de la Cour de France,
fous le regne de Louis XIV, où l'on voit
toutes fes intrigues, &c. *Cologne, 1694,
petit in-12.*

658 Miroir hiftorique de la Ligue, de l'an
1464, où peut fe reconnoître la Ligue de
l'an 1694, pour y découvrir ce qu'elle a à
craindre des propofitions de paix que la France
lui fait. *Cologne, 1694, petit in-12.*

659 Lettres d'un Gentilhomme Français, fur
l'établiffement d'une capitulation générale en
France. *Liege, 1695, petit in-12.*

660 Trois Entretiens de M. Colbert, Miniftre
& Secrétaire d'Etat, avec Bouin, fameux
partifan, fur plufieurs affaires curieufes. *Colog.
1701, in-12.*

661 La Vie du vénérable Frere Fiacre, Auguftin
Déchauffé, contenant plufieurs traits d'Hiftoire
& faits remarquables arrivés fous les regnes
de Louis XIII & Louis XIV. *Paris,
1722, in-12.*

662 Remarques fur le Gouvernement du Royaume
durant les regnes de Henri IV, Louis XIII
& Louis XIV. *Cologne, 1688, petit in-12.
br.*

66з Hiftoire burlefque de la préfente Guèrre, trad. de l'anglais, de Pope & de Steele ; favoir : Le Procès eft un abîme fans fond. — La Crife. — Si la République doit déclarer la guerre à la France, ou non ? *Londres*, 1713, *petit in-12.*

664 L'Europe ridicule, ou Réflexions politiques fur la Guerre préfente. *Cologne*, 1757. — La derniere Guerre des Bêtes, Fable pour fervir à l'Hiftoire du dix-huitieme fiecle, (par Mlle. Fauque.) *Londres*, 1758. —— Fiction ingénieufe & allégorique des affaires du temps, repréfentée fous l'emblême du grand Bal, &c. *In·12.*

665 Antiquités de la ville de Lyon, ou Explication de fes plus anciens monuments, avec beaucoup de figures en taille - douce, par le P. D. D. C. J. *Lyon*, 1733, *in-12.* 2 *vol.*

666 Hiftoire de la Condamnation des Templiers, celle du Schifme, des Papes, tenants le Siege en Avignon ; & quelques Procès criminels, par Pierre Dupuy, nouv. édit. augmentée de l'Hiftoire des Templiers, de M. Gurtler. *Brux.* 1713, *in-8. 2 tom. en 1 vol.*

667 De l'état & fuccès des affaires de France, par Bernard de Girard, Seigneur du Haillan. *Geneve*, 1609, *in-12.*

668 Etat de la France, comme elle étoit gouvernée en l'an 1648, *petit in-12.*

669 Le Détail de la France, la caufe de la diminution de fes biens, & la facilité du remede, année 1695, *in-12.*

670 Le Détail de la France fous le regne de

Louis XIV, (par le Sieur de Boisguilbert.) 1697, *in-*12.

671 Annales de la Cour & de Paris, pour les années 1697-1698. *Amst.* (*Rouen,*) 1702, *in-*12. 2 *vol.*

672 Examen critique de Jean Savaron, de la Souveraineté du Roi & de son Royaume. 1615, *in-*12. *br.*

HISTOIRE D'ALLEMAGNE.

673 Joan. Christ. Muldener Capitulatio harmonica inter Carolum V, Ferdinand III, &c. germanicâ linguâ excusa. *Lipsiæ,* 1725, *in-*4. avec d'autres Traités.

674 Histoire de l'Empereur Charles V, par Dom Jean-Antoine de Vera & Figueroa, Comte de la Roca, &c. trad. de l'espagnol en français, par le Sieur Duperron le Hayer. *Bruxelles,* 1663, *pet. in-*12.

675 Les Actions héroïques & plaisantes de l'Empereur Charles V, enrichies de plusieurs fig. & augmentées de quelques beaux mots de Philippe II, son fils. *Bruxelles,* 1690, *petit in-*12.

676 Capitulatio harmonica Caroli VI, à Georgio Ronig edita. *Muremberg,* 1741. — Altera Capitulatio Caroli VII, à Petro Matthæo edita in linguâ germanicâ. *Francof.* 1742, *in-*4.

677 Spicilegium observationum ad capitulationem Caroli VI, cujus institutâ collatione, cum capitulatione Josephinâ, &c. *Francof.* 1714, *in-*4.

678 Intérêts des Princes d'Allemagne , où se
voit ce que c'est que cet Empire , sous le nom
d'*Hippolitus à lapide*, par Joachim de Tran-
fée , trad. en français par M. Bourgeois du
Chaftenet. *Freiftade*, 1712 , *in-12.* 2 *tom.*
en 1 vol.

679 Le Mari à la mode de ce temps , ou Dialogues entre Polimede & Filomarc , sur les
affaires du temps. *Liege*, 1672 , *pet. in-12.*

680 La Sauce au verjus , ou Critique d'une
Lettre écrite par le Sieur de Verjus au Prince
d'Ofnabrug , contre les droits de l'Empereur,
(par Franç. de Warendorf.) *Strafb.* 1674 ,
pet. in-12.

HISTOIRE DES PAYS-BAS.

681 Danielis Heinfii rerum ad fylvam Ducis
atque Alibi in Belgio aut à Belgis , anno 1629
Geftarum Hiftoria. *Lugd. Bat.* Elzevier, 1631,
in-fol.

682 Leonis ab Aitzemâ Hiftoria Pacis, à Fœde-
ratis Belgis , ab anno 1621 ufque ad annum
1647 tract. *Lugd. Batav.* Elzevier, 1654,
in-4.

683 Les Guerres de Naffau , ou Portraits en
taille-douce , & Defcriptions des Sieges , batailles , advenus durant les guerres des Pays-
Bas , jufqu'à la fin de l'an 1614 , par Guill.
Baudard. *Amfterd.* Colin , 1616 , *in-8.* 2 *vol.*
oblong mar. r. fil.

684 Efprit politique, ou l'Hiftoire en abrégé
de la vie & des actions de Guillaume III de
Naffau ,

Naſſau , Roi de la Grande-Bretagne. *Amſterd.*
1695, *pet. in-12.*

685 Apologie pour la Maiſon de Naſſau , ou
Réfutation des calomnies contenues au Livre
de Stadhouder Liicke Regeringe . compoſée
tant en vers qu'en proſe , par le Sieur P. L. J.
Madrid , 1664 , *in-12.*

686 Les Délices de Leyde , contenant une deſcription exacte de ſon antiquité , avec beaucoup
de fig. en taille-douce. *Leyde* , 17:2 , *in 12.*

687 Abrégé de l'Hiſtoire de Hollande. *La Haye,*
1688. — L'Ombre de Chaile-Quint , apparue
à Volcart , ou Dialogue ſur les affaires du
temps. *Colog.* 1638 , *pet. in-12 mar. vert.*

688 Mémoires pour ſeryir à l'Hiſtoire de la Hollande & des autres Piovinces-Unies , par Mre.
Louis Aubery , Chevalier , Seigneur du Mau-
rier. *Paris* , 1711 , *in-12.*

689 Le Hollandais , ou Lettres ſur la Hollande
ancienne & moderne , par M. de la Barre de
de Beaumarchais , ſeconde édition jouxte la
copie de Francfort. 1738 , *in-8.*

690 Eſſai hiſtorique & politique ſur le Gouvernement préſent de la Hollande. *Lond.* 1748 ,
in-12.

HISTOIRE DE LA GRANDE-BRETAGNE, ANGLE-
TERRE , ÉCOSSE , IRLANDE.

691 Les Délices de la Grande-Bretagne & de
l'Irlande , par James Beeverell , avec beaucoup
de fig. en taille-douce. *Leyde* , 1707 , *8 tom.*
en 9 vol.

M

692 Relation d'un Voyage en Angleterre, où
sont touchées plusieurs choses qui regardent
l'état des Sciences & de la Religion, (par
Samuel Sorbiere.) *Paris*, 1664, *in-12*.

693 Chronique des Rois d'Angleterre, écrite
en anglais, selon le style des anciens Histo-
riens Juifs, par Nathan Ben Saddi, Prêtre
de la même Nation, & trad. en français dans
le même style. *Londres*, 1743, *in-8. br.*

694 Abrégé de la vie & du regne de Charles
I, second Monarque de la Grande-Bretagne,
depuis sa naissance jusqu'à sa mort. *Paris*,
1664, *in-12*.

695 Elenchi Motuum Nuperorum in Anglia,
Auctore Georgio Bateo. *Amstelod.* 1663.
— Venerabilis Bedæ Ecclesiasticæ Historiæ
Gentis Anglorum Libri V. *Coloniæ Agripp.*
1601, *in-12*.

696 Testament politique de l'Amiral Byng, trad.
de l'anglais. 1759, *in-12*.

697 Reges, Reginæ, Nobiles & alii in Ecclesiâ
Collegiatâ B. Petri West Monasterii sepulti,
usque ad annum reparatæ salutis 1600. *Lond.*
in-8.

698 Apologie, ou Défense de l'honorable Sen-
tence & très-juste exécution de défunte
Marie Stuard, derniere Reine d'Ecosse, avec
les copies des Lettres, actes & articles qui
servent à découvrir les trahisons de ladite
Reine, à l'encontre de la Reine, de la Noblesse & de l'Etat d'Angleterre, trad. sur
l'original anglais imprimé à Londres en 1587,
in-8.

699 L'Innocence de Madame Marie, Reine d'E-
coſſe, où ſont amplement réfutées les calomnies fauſſes & impoſitions iniques, publiées
par un Livre ſecrétement divulgué en l'an
1572, touchant tant la mort du Seigneur
d'Arley ſon époux, que autres crimes dont
elle eſt fauſſement accuſée ; imprimée en 1572,
ſans indicat. de ville. In-8.

HISTOIRE MODERNE.

Hiſtoire de l'Aſie, de l'Afrique & de l'Amérique.

700 Hiſtoire de la conquête de la Chine par
les Tartares, trad. de l'eſpagnol, de M. Palafox,
Evêque d'Oſma, par le Sieur Collé. *Paris,*
1670, *in-8.*   1. 6

701 La Turquie Chrétienne, ſous la puiſſante
protection de Louis le Grand, contenant l'état
préſent des Nations & des Egliſes Grecques,
Arméniennes, &c. par M. de la Croix. *Paris,*
1695, *in-12.*

702 Hiſtoire des Turcs, depuis l'an 1623,   3. 8.
juſqu'en 1703, trad. de l'anglais du Sieur
Ricaut, (par Pierre Coſte,) (*Hollande,*)
jouxte la copie de Paris, 1684, *in-8.* 6
tom. en 3 vol.

703 Hiſtoire des Grands-Viſirs : Mahomet,
Coprogli, Pacha & Achmet, Coprogli Pacha ;
avec pluſieurs particularités des Guerres de
Dalmatie, Tranſylvanie, &c. l'Hiſtoire du
Grand Sobieski, & le plan de la bataille de
Cotzchin ; (par M. de Chaſſepol.) *Paris,* 1. 16
1679, *in-12. 3 vol.*

704 Nouvelle Histoire d'Abyssinie ou d'Ethiopie, tirée de l'Histoire latine de M. Ludofl, avec fig. en taille-douce. *Paris* 1684, *in* 12.

1. 5 705 Histoire des Aventuriers qui se sont signalé dans les Indes, &c. par le Sieur Alexandre Oexmelin. *Paris*, 1688, *in-12. 2 tom. en 1 vol. fig.*

4.. 5 706 Aventures du Sieur C. Lebeau, Avocat en Parlement, ou Voyage curieux & nouveau parmi les Sauvages de l'Amérique septentrionale. *Amsterd.* 1738, *in-12. 2 vol. fig.*

HISTOIRE HÉRALDIQUE ET GÉNÉALOGIQUE.

1. 1t 707 Le Blason de France, ou Notes curieuses sur l'Edit concernant la police des Armoiries, avec un Dictionnaire, ou Table alphabétique, contenant les explications des termes, figures & pieces du Blason les plus ordinaires, & usitées en France, avec deux cents quarante planches ou écussons. *Paris*, 1697, *in-8.*

1. 1t 708 Histoire généalogique de la Maison de Courtenai, avec les preuves, par M. Bouchet. *Paris*, 1691, *in-fol. fig.*

ANTIQUITÉS.

Rites, Usages & Coutumes des Anciens & des Modernes.

2. 709 Joannis Rosini Antiquitatum Romanarum Corpus absolutissimum, cum notis Thomæ Dempsteri, & Pauli Manutii Libri duo de

Legibus & de Senatu. *Lugd. Batav.* 1663 ,
in-4.

710 Burcardi Gotthelffii Struvii Antiquitatum 2.
Romanarum Syntagma , five de Sacrorum
cæremoniis Syftema : adjecta Bibliotheca
Antiquitatum Romanorum generali & fpeciali
de Diis , cum figuris æneis. *Jenæ* , 1707 ,
in-4.

711 Difcours de la Religion des anciens Ro- 2. 10
mains , par Guill. Duchoul. *Lyon* , 1556 ,
in-fol. fig.

712 Jacobi-Philippi Tomafini de Tefferis Hof-
pitalitatis Liber fingularis , in quo Jus Hof-
piti iuniverfum apud Veteres potiffimùm expen-
ditur , cum figuris æneis. *Amftelodami* , *in-*12.   1. 10

713 Jufti Lipfi de Cruce Libri tres ad Sacram
Profanamque Hiftoriam utiles , unàcum notis
& viginti figuris æneis incifis. *Lutetiæ* , 1606 ,
*in-*12.

714 Cérémonies funebres de toutes les Nations ,
Egyptiens , Grecs, Romains , &c. par le
Sieur Muret. *Paris* , 1679 , *petit in-*12.

715 Joannis Cafæ latina Monimenta , quorum   1. 4.
partim verfibus , partim folutâ oratione fcripta
funt. *Florentiæ* , in Officia Juntarum. 1567 ,
in-4.

716 Iter italium litterarium annis 1685 - 1686 , 1. 16
& figuris æneis decoratum , à D. Joann. Mabillon , & D. Michael. Germain. *Lutetiæ Parif.*
1687 , *in-4. fig.*

717 Vetera Monimenta in quibus Mufiva, Opera 3. 6
Sacrarum Profanarumque ædium iconibus
æneis illuftrantur, à Joanne Ciampino. *Romæ,*
1690 , *in-fol.* 2 *tom. en* 1 *vol.*

718 Raphaelis Fabretti de Columna Trajani Syntagma, cum Alphonsi Giaconi utriusque Belli Dacici, ex ejusdem Columnæ simulachris ad calcem adjecta, &c. *cum figuris in æs incisis. Romæ*, 1683, *in-fol.*

719 Guidonis Pancirolli Rerum memorabilium, sive de perditarum liber Commentariis illustratus, ab Henrico Salmuth. *Francofurti*, 1629, *in-4.*

Médailles & Monnoies.

720 Thesaurus rei antiquariæ huberrimus, Hubertum Goltzium. *Antuerpiæ*, 1618, *in-fol.*

721 Huberti Goltzii Opera omnia numismatica ; scilicet, I, Fasti Magistratuum & Triumphorum Romanorum, ab urbe condità ad Augusti obitum & Fasti siculi ab Andræâ Scholto restituti, quibus accedit Thesaurus rei antiquariæ. *Antuerpiæ*, 1644. II, Caii Julii Cæsaris Augusti, & Tiberii Numismata, cum Commentariis Ludovici Nonnii. 1644.— III, Græciæ ejusque Insularum & Asiæ minoris Numismata, cum Comment. ejusd. Nonnii. 1644. — IV, Siciliæ & magnæ Græciæ Historia ex antiquis Numismatibus illustrata. 1644. — V, Icones Imperatorum Romanor. ex priscis Numismatibus delineatæ & descriptæ studio & labore Casperii Gevartii. *Antuerpiæ*, 1645, *in-fol.* 5 *vol.*

722 Numismata Imperatorum Romanorum præstantiora, à Julio Cæsare ad Postumum & Tyrannos, à Joanne Vaillant. *Paris.* 1674, *in-4.*

723 Cl. Nicasii de Nummo Pantheo Hadriani Imperator. Dissertatio. *Lugd.* 1690. — Joan.

Harduini de Nummis Herodianis. 1693. —
Differtation hiftorique de M. Rigord, fur une
Médaille d'Hérode Antipas. — Differtation de
M. Graverol à M. Rigord, fur l'explicat. d'une
Médaille grecque qui porte le nom du Dieu Pan.
— J. Harduini de fupremo Domini Pafchate.
1693, &c. *in-4.*

724 Familiæ Romanæ in antiquis Numifmati-
bus, ab urbe conditâ, ad tempora divi Au-
gufti ex Bibliothecâ Fulvii Urfini, cum notis
Anton. Auguftini, Archiep. Tarrafcon. ex recenfione Caroli Patin. *Parifiis, 1663, in-fol.*

725 Reineri Reineccii Syntagma de Familiis quæ
in Monarchiis potitæ funt. *Bafileæ*, Henric. Petrus, 1590, *in-fol. 4 part. en 1 vol.*

726 Nouvelle Explication d'une Médaille d'or du
Cabinet du Roi, fur laquelle on voit la tête de
l'Empereur Galien & cette legende, *Gallienæ
Auguftæ*, expofée en deux lettres, par L. L. de
Vallemont. *Paris 1699, in-12.*

727 Joan. Frederici Gronovii de Seftertiis, feu
fubfecivorum pecuniæ Veteris Græcæ & Romanæ Libri IV, accefferunt L. Volufius Mæcia-
nus J. C. & Balbus, Menfor de Affe. — Pafcafii
Grofippi [Cafparis Scioppii,] Tabulæ Numma-
riæ, &c. *Lugd. Batavor.* 1691, *in-4.*

BIBLIOGRAPHIE,

ou *Defcription des Livres.*

728 Joannis Lomerii de Bibliothecis Liber fingularis. *Zutphaniæ*, 1669, *in-12.*

729 Confeils pour former une Bibliotheque peu

nombreuſe, mais choiſie, par Formey. *Berlin,* 1756, *in-8. br.*

730 Traité des plus belles Bibliotheques de l'Europe, des premiers Livres qui ont été faits; de l'Invention de l'Imprimerie ; des Imprimeurs, &c. par le ſieur Gallois. *Paris*, 1685, *pet. in-12.*

731 Incunubula Typographiæ, ſive Catalogus librorum ſcriptorumque proximis ab inventione Typographiæ annis, uſque ad annum Chriſti 1500, in quâ vis lingua editorum curâ Cornelii à Beughem. *Amſtelod.* 1688, *pet. in-12.*

732 Les cinq Années Littéraires, ou Nouvelles Littéraires des années 1748, 1749, 50, 51, & 1752, par M. Clément. *La Haye*, 1754, *in-8. 4 vol. br.*

733 Lettres ſérieuſes & badines ſur les Ouvrages des Savants & ſur d'autres matieres. *La Haye*, 1730, *in-8* 12 *vol.*

734 Nouveaux Mémoires d'Hiſtoire, de Critique & de Litérature, par M. l'Abbé d'Artigny. *Paris*, 1749, *in-12. 6 vol.*

735 Nouvelle Bibliotheque hiſtorique & chronologique des principaux Auteurs & Interprêtes du Droit Civil, Canonique, &c. par Denis Simon. *Paris*, 1692, *in-12. 2 vol.*

736 Burcardi Gotthelffi Struvii Bibliotheca philoſophica, cum Supplementis ad notitiam rei litterariæ & uſum Bibliothecarum. *Jenæ*, 1710, *in-12.*

737 Gabrielis Naudæi Bibliographia politica, in quâ plerique omnes ad civilem prudentiam Scriptores, quâ recenſentur, quâ dijudicantur, qui acceſſit

ceffit Hug. Grotii Epiftola de ftudio politico.
Lug.l. Bat. ex Officinâ Joan. Maire. 1642 , *in-*
24.

738 Catalogus Bibliothecæ Thuanæ à Petro &
Jacobo puteanis ordine alphabetico primùm digeftus , editus à Jofepho Quefnel, cum indice
alphabet. Autorum. *Parif.* 1679 , *in-8'.* 2 *vol.*

739 Bibliotheca Wittiana, feu Catalogus Librorum
Joannis de Witt, digeftus à J. Grævio anno
1701 , cui adjicitur Numifmatum Defcriptio.
Amftelod. 1701 , *in-12.*

740 Bibliotheca Menarfiana , ou Catalogue de
la Bibliotheque de Jean-Jacques Charron , Chevalier. Marquis de Menars , &c *La Haye* ,
1720 , *in-8.*

741 Bibliotheca Fayana , feu Catalogus Librorum
Bibliothecæ Caroli-Hyeronimi de Cifternay du
Fay, digeftus & defcriptus à Gabriele Mar-
tin , cum indice Auctorum alphabetico. *Parif.*
Martin , 1725 , *in-8.*

742 Catalogus Librorum Bibliothecæ Caroli-Hen-
rici Comitis de Hoym , digeftus & defcriptus à
Gabriele Martin , cum Indice Auctorum alphabetico , & pretiis auctionis. *Parif.* Martin ,
1738 , *in-8.*

743 Catalogue des Livres de la Bibliotheque de
M. de Boze. *Par.* Martin , 1753 , *in-8. avec*
les prix.

744 Catalogue des Livres de M. Potier , ancien
Avocat au Parlement.

VIES DES HOMMES ILLUSTRES,
ANCIENS ET MODERNES.

1.   745 Juliani Imperatoris de Cæsaribus Sermo
      græcè, cum interpretatione latinâ C. Cantoclari
      J. C. *Parif.* 1577 — Marci Salamonii Patritii
      Romani, de Principatu Libri vi. *Parif.* 1578.
      — Peplus Italiæ. Jo. M. Tofcani Opus, in
      quo illuftres Viri Grammatici, Oratores, &c.
      (quotquot trecentis ab hìnc annis totâ Italiâ
      floruerunt,) recenfentur. *Lutetiæ.* Francifc.
      Morellus, 1578. — Ruei de Gemmis aliquot,
      iis præfertim quarum divus Joannes Apoftolus
      in fuâ Apocalypfi meminit, &c. *Paris*, 1547.
      — Hieronymus Hangeftus de libero Arbitrio,
      & ejus coefficentiâ in Lutherum. *Parifiis*,
      Joannes Parvus. *In·8.*

1. 18 746 Vie des douze Céfars, écrite en latin par
      Suétone Tranquille, & traduite en français
      par Guill. Michel, dit de Tours. *Par.* Galliot-
      Dupré, 1520, *in-fol. goth.*

      747 Vie des douze Céfars, trad. du latin de
      Suétone, par Georges de la Boutiere, Autu-
      nois. *Lyon*, Jean Detournes, 1556, *in-4.*

2. 16 748 Le livre de Jehan Bocace de Certal, de la
      Ruine des nobles Hommes & Femmes, trad.
      en français, (par Laurent de Premier Fait,) &
      imprimé à Lyon fur le Rofne, par Matthieu
      Hufs & Jean Schabeler, en 1483. *In-fol. goth.*

2.   749 Laertii Diogenis de Vitis, Dogmatis &
      Apophtegmatis eorum qui in Philofophiâ cla-
      ruerunt Libri X græcè, cum interpretatione

latinâ Thomæ Aldebrandini. *Romæ*, 1594,
in-fol.

750 La Vie de Mahomed, par M. le Comte de
Boulainvilliers. *Lond.* 1730, *in-8.*

751 Vie de M. de la Noë-Menard, Prêtre du
Diocefe de Nantes, mort le 15 Avril 1717,
avèc l'Hiftoire de fon culte, & les relations des
Miracles opérés à fon tombeau. *Bruxelles*,
1734, *in-12.*

752 De Vitâ Patris Cotoni, è Societate Jefu, qui
duobus Francorum Regibus, Henrico & Ludovico, ad Conciones & Confeffiones adfuit, à
Petro Roverio. *Lugd.* 1660, *in-12.*

753 Vitæ octo eruditiffim. & illuftr. Virorum,
fcriptæ à Thomâ Smitho. *Lond.* 1707; fcilicet,
Jacob. Ufferius. — Joan. Cofinus. — Henricus
Briggius, &c. *in-4.*

754 La Vie de Don Pedro Giron, Duc d'Offone,
Vice-Roi de Sicile & de Naples, trad. de l'italien, de M. Leti. *Amfterd.* (*Rouen*,) 1701,
in-12. 3 vol. fig.

755 Vie de Moliere, avec des Jugements fur fes
Ouvrages. *Paris*, 1739, *pet. in-12.*

756 Le Brillant de la Reine, ou les Vies des
Hommes illuftres du nom de Médicis, par
Pierre de Boiffat. *Lyon*, 1613, *in-8.*

EXTRAITS HISTORIQUES,

Ou diverfes Collections extraites des Hiftoriens
anciens & modernes.

757 Hiftoires des perfonnes qui ont vécu plufieurs
fiecles, & qui ont rajeuni, avec le fecret du

rajeuniſſement, tiré d'Arnaud de Villeneuve, & publié par M. de Longeville Harouet. *Paris*, 1716, *in-12.*

758 Hiſtoires prodigieuſes, extraites de pluſieurs fameux Auteurs grecs, latins, &c. diviſées en V Livres, par François de Belleforeſt. *Anvers*, 1541, *in-12.*

759 Hiſtoires tragiques de notre temps, dans leſquelles ſe voient les plus belles Maximes d'Etat, & quantité d'Exemples mémorables de conſtance, de généroſité, &c. (par le ſieur Claude de Malingre de Saint Lazare.) *Paris*, 1635, *in-8.*

760 Théâtre d'Hiſtoire, où, avec les grandes Proueſſes & Aventures étranges du Chevalier Polimantes, Prince d'Arſine, ſe repréſentent pluſieurs occurrences fort rares & merveilleuſes, tant de paix que de guerres, arrivées de ſon temps, (recueillies par Philippe de Belleville,) avec beaucoup de fig. en taille-douce. *Bruxelles*, 1613, *in-fol.*

761 Mémoires hiſtoriques, politiques, critiques & littéraires, par Amelot de la Houſſaye. *Amſt.* 1731, *in-12. 3 vol.*

F I N.

Lu & approuvé le préſent Catalogue. A Paris, *ce 8 Avril 1772*, LECLERC, *Adjoint.*

De l'Imprimerie de JORRY Fils, rue de la Huchette, près le petit Châtelet, à la ville de Riom.

www.ingramcontent.com/pod-product-compliance
Lightning Source LLC
LaVergne TN
LVHW012204170726
843503LV00005B/1877